눈물은 배우는 게 아니다

작품으로 읽는 연암 박지원 산문 · 시편

주영숙 편저

북치는마을

눈물은 배우는 게 아니다

작품으로 읽는 연암 박지원 산문 · 시편

초판 1쇄 인쇄일	｜2012년 10월 10일
초판 1쇄 발행일	｜2012년 10월 11일

지은이	｜주영숙 편저
펴낸이	｜정구형
출판이사	｜김성달
편집이사	｜박지연
책임편집	｜이하나
본문편집	｜정유진 이원숙
디자인	｜장정옥
마케팅	｜정찬용
영업관리	｜한미애 권준기 천수정 심소영
인쇄처	｜미래프린팅
펴낸곳	｜북치는마을

등록일 2006 11 02 제2007-12호
서울시 강동구 성내동 447-11 현영빌딩 2층
Tel 442-4623 Fax 442-4625
www.kookhak.co.kr
kookhak2001@hanmail.net

ISBN	｜978-89-93047-39-4 *03800
가격	｜13,000원

책 들머리에

연암 박지원의 글을 모아보면 참 아기자기한 보물창고 같다. 그 보물의 결정체가 단순히 표현기법의 탁월함만이 아닌 비법으로 이루어져 있는데다 "입에서 밥알이 벌떼처럼 튀어나오고 갓끈이 썩은 새끼줄처럼 끊어질 정도로 웃게 만들 것"이라는 '약방에 감초'까지 요소요소에서 반짝이고 있기 때문이다.

그의 문장법과 문체가 오늘날은 물론, 먼 미래에까지도 귀감이 됨은 이미 입증된 바 있는데, 사후 100년 만인 1906년에 좌찬성 벼슬과 함께 '문도'라는 시호를 받은 사실이 그것이다. 문도의 '도度'는 '법도'를 뜻하니 연암 박지원이란 인물 자체가 '문장의 법도'인 셈인데, 그렇게 보면 후세의 모든 글 짓는 이들은 연암이 누누이 필기해놓은 '문장법'을 착실히 읽고 난 후에야 비로소 글을 지을 수 있는 자격이 생기지 않겠나 싶기까지 하다.

그의 문장은 작품마다 연금술사의 혼을 집어넣었다고들 하지만, 그러나 솔직히 알 수 없다. 모두가 한문이기 때문이다. 더러 번역판이 나왔으나, 문학적인 해석도 아닌데다 오류도 많았다. 그런 판이니 한글전용세대인 독자들에게 연암 문학이 그저 '고전문학'이나 '필수교양' 정도로만 여겨졌던 게 당연하기조차 하다. 앞의 저자가 연암의 일부 문장들을 엉터리로 번역해놓았으면, 뒤의 저자 또한 그 부분이 확실한지를 살펴보지 않은 채로 인용함으로써 오류에 오류를 보탠 연암 관련서적을 냈고, 그 책이 베스트셀러가 되어 수없이 팔려나가는 동안에도 아무런 부끄러움을 느낄 필요가 없었다. 더군다나 연암 당사자는 소설 아홉 편을 [방경각외전]이라는 이름으로 묶어두고 작가가 되기 위한 지침으로 삼았다지만, 정작 대 문장가 연암의 대부분 문장들이 제대로의 문학작품으로 해석되어지지도 못했다. 참으로 안타까운 일이 아닐 수 없다.

연암의 글이 한국문단에 진정한 '문도'로써 작용하도록 아로새기는 일은 후학으로써의 막중한 임무라는 생각이 들었다. 그러고 보니 연암처럼 소설도 시도 그림도 시늉이나마 해봤으며, 뒤늦게나마 대학에 들어가 제법 박사학위까지 취득한 '나 자신'이 적임자였다.

'이럴 수가!'

그래서 나는 파헤치면 파헤칠수록 큰 철학자라는 인상을 지울 수 없는 대 문장 연암 선생님에게 무한한 경의를 표하는 동시에 연암을 대신해 현대 독자들에게 친근하게 다가가고자 고민하게 되었고 드디어 『작품으로 읽는 연암 박지원/소설편』을 먼저 발표하였다. 그리고 이제 〈산문〉과 〈시〉를 엮은 『눈물은 배우는 게 아니다』를 마저 발표하는 바이다.

   손색없는 〈연암 박지원 작품집〉이 될 수 있기까지 오랜 기간 각별한 애정을 쏟아주신, '국학자료원'의 정구형 대표님, 김성달 편집장님, 이하 편집진께도 두루두루 감사드리고, 아울러, 이러느라고 꽤 오래 잠수중인데도 '난정에 대한 미움'을 보류해주신 교수님들과 여러 지인들께도 심심한 고마움을 전하며, 연암 작품들을 대략이라도 읽어낸 이때쯤에야 비로소 진정한 소설에 돌입할 준비를 마친 셈인 나 자신에게도 격려의 박수를 보낸다.

2012년 가을에

齋李 주영숙

차례

| 책 들머리에

산문편

혼자 사는 즐거움

네 이름은 네 몸의 것이 아니다

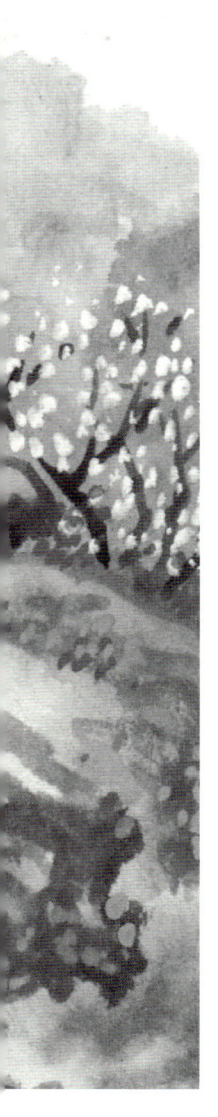

붓으로 말을 하다

매력적인 글쓰기란?

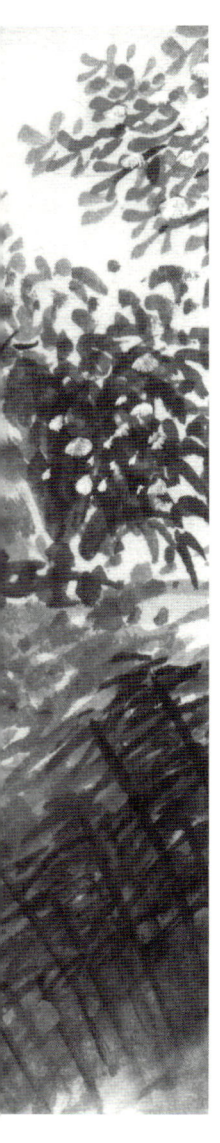

산문편

나는 그대에게 먼저 매화 한 가지를 팔아서 그 값을 정하고 싶소.

만약 가지가 가지답지 못하거나, 꽃이 꽃답지 못하거나, 꽃술이 꽃술답지 못

하거나, 꽃술의 구슬이 구슬답지 못하거나, 상 위에 놓아도 빛이 나지 않거

나, 촛불 아래서도 성긴 그림자가 생기지 않거나, 거문고와 짝지어도 기이한

흥취를 자아내지 않거나, 시에 넣어도 운치나지 않거나, 하나라도 이런 점이

있다면 영원히 마다하셔도 끝내 원망하는 말을 하지 않을 거요. 이만 줄이오.

혼자 사는

즐거움

청장과 도하

도랑이나 늪에서 물고기를 잡아먹는 새가 있다.

그 이름을 도하(사다새·펠리컨)라 하는데, 진흙이건 개펄이건 쿡쿡 쪼며 부평초고 마름이고 마구 더듬어 오로지 물고기를 찾느라고 여념이 없다. 깃털, 발톱, 부리가 더러운 것을 뒤집어써도 부끄러워 아니하며, 마치 무엇을 잃어버린 양 허둥지둥 찾아대는데, 그래도 종일토록 고기 한 마리 못 잡기 일쑤다.

반면에 청장(앨버트로스)이라는 새는 맑고 깨끗한 연못에 편안히 날개를 접고 선 채로 자리를 옮기지는 않는다.

게으른 모습으로, 망연자실한 표정으로, 노래를 듣고 있는 듯 문을 지키고 있는 듯 가만히 서서 꼼짝도 않는다. 그러다 돌아다니던 물고기가 바로 앞에 이르면 돌연 고개를 숙여 쪼아 올린다. 때문에 청장은 노상 한가롭고도 배가 부르며, 도하는 노상 고생스럽고도 배가 고프다.

그래서 옛사람은 이들을 예로 들어 세상의 부귀와 명리를 구하는 것에 비유하고, 청장을 하늘에 운명을 맡긴다는 뜻의 '신천옹'이라 불렀다.

슬프다! 세상 모든 일에는 제각각의 운명이 정해지지 않은 것이란 곤 없다. 어찌 물고기를 잡으려는 단 한 마리의 새를 보고서 이를 확신하겠는가마는, 사실 어리석은 사람은 무너질 듯 높은 담장 아래서 운명을 기다리며, 멍청하게 하늘을 보면서 곡식이 내리지 않는가 하고 바라기나 한다. 조급한 사람은 오늘 한 가지 착한 일을 행하면 좋은 운명이 내리기를 하늘에 구하고, 내일 한 가지 착한 달을 하면 기필코 상대방이 보답해주리라 여긴다. 그런 식이라면 하늘도 점차 그 수고로움을 지겨워할 것이며, 착한 일을 하는 자도 끝내 지쳐서 물러나고 말 게 빤하다. 하늘은 본디 아득하여 형체가 없고 저절로 되도록 맡겨두지만, 하루 4시, 한 달 4주, 일 년 4계절은 이를 받들어 그 순서를 잃지 않으며 만물은 이를 받아서 그 분수를 어기지 않을 따름이다.

대관절 무엇 때문에 하늘이 신용을 얻고자 사물마다 비교하고 자질구레하게 따지겠는가.

—「담연정기」 부분

밤중에 강물을 아홉 번 건너다

강물이 두 산 틈에서 나와 돌과 부딪치며 싸우는데, 놀란 파도·성난 물머리·우는 여울·노한 물결, 그리고 슬픈 곡조와 원망하는 소리가 굽이쳐 돌았다. 우는 듯, 소리치는 듯, 바쁘게 호령하는 듯, 여차하면 만리장성을 깨뜨릴 기세다. 만 대의 전차, 만 명의 기병, 만 개의 대포, 만 개의 북을 가지고도 그 내뿜는 야단스러운 소리를 흉내 내기 어려울 것이다. 모래 위에는 엄청나게 큰 바위가 우뚝 솟아있고, 강 언덕에는 버드나무가 어둡고 컴컴한 가운데 서 있어서 마치 물귀신들이 다투어 나와 사람을 놀리는 듯, 이쪽 저쪽에서 이무기들이 사람을 잡아채려는 것 같기도 했다.

어떤 사람이 한마디 했다.

"여기는 옛 전쟁터라서 강물이 저렇게 우는 거야."

하지만 모르는 소리다. 사실 강물 소리는 어떻게 듣느냐에 따라 다르다.

산중의 내 집(연암골짜기) 문 앞에는 커다란 시내가 있다. 해마다 여름철 폭우가 한바탕 지나가면 시냇물이 갑자기 불어난다. 거기서 늘 수레 소리와 말 소리, 대포 소리와 북소리를 들었었다.

내가 한 번은 문을 닫고 드러누워 그 소리를 일일이 구분해보았다.

깊은 솔숲에서 흘러나오는 솔바람소리는 듣는 이의 마음이 청아한 탓이다. 산이 짜개지고 언덕이 무너져 내리는 것 같은 소리는 듣는 이의 마음에 분노가 가득 차있기 때문이다. 뭇 개구리가 다투어 우는 것 같은 소리는 듣는 이가 교만한 탓이요, 수많은 대피리가 울리는 것처럼 들리는 소리는 듣는 이의 마음이 성나 있는 까닭이다. 또한 별안간 우렛소리처럼 들리면 듣는 이가 깜짝 놀랐기 때문이며, 찻물이 끓는 것 같은 소리는 듣는 이의 취미가 고상하고 홍겹기 때문이고, 거문고가 '궁'과 '우'에 장단 맞춰 흘러나오는 것 같은 소리는 듣는 이의 마음이 슬픈 탓이고, 문풍지가 떨리는 것처럼 여겨지는 소리는 듣는 이의 마음에 두려움이 있기 때문이다. 그런데 모두 올바로 듣지 못했기 때문이다. 특히나 자기 속뜻을 가지고 귀에 들리는 대로 소리를 만들어 낸 것이다.

지금 나는 밤중에 강물을 아홉 번이나 건넜다.

강은 새외에서 흘러나와 장성을 뚫고 유하와 조하·황화·진천 등 모든 물과 합쳐 밀운성 밑을 거쳐 '백하'가 되었다. 나는 어제 두 번째

배로 백하를 건넜는데, 이것은 하류였다. 내가 아직 요동에 들어오지 못했을 땐 바야흐로 한여름이라, 뙤약볕 속을 가노라니 턱하니 큰 강이 앞을 막았다. 시뻘건 물결이 산더미처럼 일어나 건너편 언덕이 보이질 않을 정도였는데, 천리 밖에서 폭우가 쏟아졌기 때문이었다. 물을 건널 때에 사람들이 모두 고개를 젖혀 하늘을 보기에, 나는 그들이 모두 하늘을 향하여 묵념이나 하는 줄 알았는데, 알고 보니 소용돌이 치기도 하고 용솟음치기도 하면서 콸콸 흘러대는 물 때문이었다. 물을 건너는 사람들에게는 몸으로는 거슬러 올라가는 것 같이 느껴지는 반면에 눈으로는 자기 몸이 강물에 휩쓸려 들어가는 것 같이 느껴졌다. 나아가서는 갑자기 현기증이 일어나 물에 빠질 것만 같았던 거다. 그들이 머리를 우러러 하늘을 향한 이유는 그러니까 기도를 하려는 게 아니라 물에서 시선을 피하고자 함이었다. 하기야 어느 겨를에 목숨을 위하여 기도할 수 있었으랴.

너무 무서워서 모두 물소리까지는 듣지 못했는지 이렇게 말했다.

"요동 들은 평평하고 넓기 때문에 물소리가 크게 울지 않는 거야."

하지만 물을 알지 못해 하는 말이다. 요동 들을 지나는 강물이 원래 울지 않는 것이 아니라 특히 밤에 건너보지 않은 까닭이다. 낮에는 눈으로 물을 볼 수 있으므로 눈이 오로지 위험한 데로만 쏠린다. 드리어 눈 가진 것을 원망하는 판에 무엇이 들리겠는가.

그런데 지금 나는 밤중에 물을 건너고 있다.

그래서 위험한 것을 볼 수 없다. 위험하고 안 하고의 상황 판단은 오로지 귀로만 쏠려 있다. 귀가 벌벌 떨면서 마음을 두려움에 가두는 것이다.

나는 이제야 '도'를 알았다. 마음을 고요하게 가지는 자는 귀나 눈에 얽매이지 않고, 귀나 눈을 믿는 자는 보고 들음이 자세하면 할수록 병이 된다는 이치를 알아차린 것이다.

지금 내 마부가 발을 말굽에 밟혀서 뒤의 수레에 태웠다. 나는 드디어 혼자서 말을 몰게 되었다. 고삐를 늦추어 강물에 띄우고 무릎을 구부려 발을 모아 안장 위에 앉았다. 말에서 떨어졌다 하면 바로 강물 속이다. 그리 되면 나는 강물로 땅을 삼고, 강물로 옷을 삼으며, 강물로 몸을 삼고, 강물로 성정을 삼으리라. 이처럼 떨어질 것을 각오하고 나자, 비로소 내 귀에서는 강물소리가 사라졌다. 무려 아홉 번이나 강물을 건너는 동안 조금도 걱정이 되질 않았다. 마치 자연스레 앉았거나 누워 아무 거리낌도 없이 활동하는 것같이 여겨졌다.

옛날 '우禹'가 강을 건널 때에, '황룡이 등으로 배를 떠받쳤다'고 했으니 매우 위태로운 상황이었다. 그러나 마음속에 먼저 죽고 살고의 판단이 명료해져 있고 보니, 용이라고 해서 크게 보일 것도 아니고 도마뱀이라고 해서 작게 보일 것도 아니었다.

눈물은 배우는 게 아니다

소리와 빛은 바깥에 있는 사물이다. 그런데 이것이 항상 눈과 귀에 누를 끼쳐 사람으로 하여금 똑바로 보고 듣는 것을 방해한다. 하물며 인생이 세상을 살아나가려면 저 강물보다 더 험하고 위태로운 곳이 많지 않던가. 보고 듣는 것이 오히려 병이 되질 않던가?

나는 곧 나의 산속으로 돌아가서 또다시 집 앞 시냇물 소리를 들어보면서 시험해보리라. 그래서 자기 몸가짐을 교묘하게 꾸미고 스스로 자기의 총명함을 믿는 자들에게 경고하리라.

―「일야구도하기」

새끼 까치와 농담 따먹기

유월 어느 밤에 낙서(이서구)가 찾아왔다가 돌아가서 기記를 지었는데 다음과 같다.

"내가 연암 어른을 방문한즉, 어른은 사흘이나 굶은 채 망건도 쓰지 않고 버선도 신지 않고, 창문턱에 다리를 걸쳐 놓은 채로 누워서 행랑 것과 문답하고 계셨다."

여기에서 말한 '연암'이란 금천의 협곡에 있는 나의 거처인데, 남들이 이것으로 내 호를 삼은 것이었다. 아무튼 이때 나의 식구들은 광릉(경기도 광주)에 있었다.

나는 본래 몸이 비대하여 더위가 괴로웠는데 여름에는 더했다. 풀과 나무가 무성하여 푹푹 찌는가 하면, 밤에는 모기 파리가 들끓고 무논에서는 개구리 울음이 밤낮으로 그치지 않으리라 걱정하였다. 그래서 여름만 되면 늘 서울집에서 더위를 피하고는 했다. 서울집은 비록 지대가 낮고 비좁아도 모기·개구리·풀·나무가 주는 괴로움은 없기 때문이었다. 여종 하나만이 집을 지키고 있었는데, 문득 눈병이 나서 미친 듯이 소리를 지르더니 주인을 버리고 나가버렸다. 그래서 밥해 줄 사람도 없어서 행랑 사람에게 밥을 신세지다보니 자연히 친숙해졌다. 다행히 저들은 애초부터 나의 노비인 양 시키는 일 하기를 껄끄러워 하질 않았다.

고요히 지내노라면 마음속도 무념무상이다. 가끔 광릉에서 보낸 편지를 받더라도 '평안하다'는 글자만 훑어볼 뿐이다. 갈수록 둔한하고 게으름 피우는 것이 버릇이 되어, 남의 경조사에도 일체 발을 끊어버렸다. 혹은 여러 날 세수도 하지 않았고, 혹은 열흘간 망건도 쓰지 않았다. 그러다 손님이 오면 간혹 말없이 차분하게 앉았기도 하였다. 어쩌다 땔나무를 파는 자나 참외 파는 자가 지나가면, 불러서 그와 함께 효제충신과 예의염치에 대해 이야기하였는데 간곡하게 하는 말이 종종 수백 마디였다. 사람들이 간혹 나를 세상물정에 어둡고 얼토당토아니하며 조리가 없어 지겹다고 힐책하였다. 그러거나 말거나 나는 이야기를 그칠 줄을 몰랐다. 마치 봉원사에서 만났던 윤영 같았다. 더욱이 나더러 '집에 있어도 손님이요 아내가 있어도 중과 같다'고 시시덕거리는 사람도 있었지만, 그럴수록 더욱 느긋해졌고, 스스로 만족스러웠다. 바야흐로 할 일이 하나도 없다는 그것이.

새끼 까치가 다리 하나가 부러져 찔뚝거리는 게 딱하여 밥알을 던
져주었더니 차츰 길들여져 서로 친해졌다. 나는 마침내 그 새를 놓고
농담 따먹기를 하였다.

"맹상군은 하나도 없고(돈이 한 푼도 없다는 말) 평원군의 식객만 있구
나!"(평원군은 전국시대 조나라의 공자로써, 문하에 식객이 수천 명이었다고 한다)

우리나라 속어에 엽전을 푼文이라 하니 돈을 맹상군이라 일컬은 것
이다.

자다가 깨어 책을 보고 책을 보다가 또 자더라도 깨워주는 이가 없
었다. 그래서 종일토록 실컷 자기도 했고 때로는 글을 지어 의견을 나
타내기도 했다. 자그마한 철현금을 새로 배워, 권태로우면 두어 가락
타기도 하였다. 혹은 친구가 술을 보내주기라도 하면 그때마다 흔쾌
히 술을 따라 마셨다. 그리고 술이 취하여 자화자찬하는 시를 짓곤 혼
자 껄껄대고 웃기도 하였다.

> 내가 나를 위함은 양주와 같고
>
> 만인을 고루 사랑함은 묵적과 같고
>
> 양식이 자주 떨어짐은 안회와 같고
>
> 꼼짝도 하지 않음은 노자와 같고

눈물은 배우는 게 아니다

활달함은 장자와 같고

참선하는 자세는 석가와 같고

공손하지 않은 태도는 유하혜와 같고

술을 마셔대는 것은 유영과 같고

밥을 얻어먹는 것은 한신과 같고

잠을 잘 자는 것은 진단과 같고

거문고를 타는 것은 자상과 같고

글을 저술하는 것은 양웅과 같고

자신을 옛 인물과 비교함은 공명과 같으니

나는 거의 성인에 가까울 것이다.

다만 키가 조교보다 모자라고

청렴함은 오릉에 못 미치니

부끄럽기 짝이 없도다.

　이때 나는 정말로 밥을 먹은 지가 사흘이나 되었는데, 행랑아범이 남의 집 지붕을 이어주고서 품삯을 받아서야, 비로소 밤에 밥을 지었다. 그런데 어린 아이가 밥투정을 부리자, 행랑아범은 성이 나서 사발을 엎어 개에게 주어버리고는 아이에게 '뒈져버려!' 하고 악담을 하였다. 가까스로 밥을 얻어먹고 식곤증이 나서 누웠던 나는 장괴애가 촉지방을 다스릴 때 어린아이를 베어죽인 고사(괴애는 북송 초의 명신 장영의 호이다. 장영이 촉지방 즉 익주를 다스릴 적에 어느 늙은 병졸이 어린아이를 품에 안고 있었는데 그 아이가 장난삼아 늙은 아비의 뺨을 때리는 것을 보고는 격분한 장영이 그 아이를 죽여 버리게 했다고 한다)를 들어 그를 깨우쳐주었다. 그리고 덧말을 달았다.

"평소에 가르치지 않고서 도리어 꾸짖기만 하면, 커 갈수록 부자간의 은혜와 덕을 상하게 되는 법이다."

하늘에서는 은하수가 지붕에 드리워지고 별똥별은 서쪽으로 흘러가면서 공중에다 흰 빛줄기를 그렸다. 그런데 내 말이 미처 끝나기도 전에 '낙서'가 왔다.

"어르신, 어른께서는 혼자 누워서 누구와 이야기하십니까?"

그러니 기에서 '행랑것과 문답하고 계셨다'고 한 것은 바로 앞의 이 이야기다.

낙서는 또 눈 내리는 밤에 떡 구워 먹던 일을 그 글에 기록했다. 마침 나의 옛집이 낙서의 집과 대문을 마주하고 있었다. 그는 어릴 때부터 나의 집에 손님들이 날마다 가득한 것을 보아왔던 터여서 내가 당세에 뜻이 있다고 짐작했었나보다. 그런데 이제 내 나이 40이 채 못되어 머리가 허옇게 되어버렸다며, 그는 자못 감개무량한 심정을 말했다. 그러나 나는 이미 병들고 지쳐서 기백이 꺾이었다. 더군다나 세

눈물은 배우는 게 아니다

상에 아무런 뜻이 없어서 지난날의 모습을 다시는 찾아볼 수 없기도
하다. 이에 '기'를 지어 그에게 화답한다.

—「소완정의 하야방우기에 화답하다」

혼자 사는 즐거움

세상 사람들과 함께 즐기면 여유가 있지만 자기 홀로 즐기자면 부족한 법이다. 옛날에 요 임금이 사통팔달 큰 거리에서 노닐 때에는 화목한 모습이어서 천하 사람과 함께 즐긴다 할 정도이더니, 화봉인(華 땅을 지키는 사람)의 축원을 사양할 때에는 근심과 슬픔으로 가슴이 떨려 하루저녁도 제대로 못 넘길 것처럼 탄식하였다(화봉인이 어느 날 요 임금에게 '장수를 누리고[壽]' '부를 쌓고[富]' '많은 아들을 낳으라[多男子]'는 세 가지의 축원을 올리자, 요 임금은 "아들이 많으면 걱정이 많고 부자가 되면 해야 할 일이 많고 장수하면 욕되는 일이 많으니, 이 세 가지는 덕을 기르는 것이 아니다."라고 하며 사양하였다).

아아, 화봉인의 세 가지 축원은 인생의 큰 소원을 모두 갖추고 천하의 지극한 즐거움을 다한 것이라고 할 만한데, 어찌 요 임금이 형식적으로 겸손과 사양의 태도를 취하며 기꺼워했겠는가. 진실로 자신에게 우려되는 바가 있어 이를 독차지하는 것을 재난으로 여긴 때문이었다.

그런데 지금 한 망령된 남자가 "나는 능히 혼자 즐긴다."라고 떠들썩하게 대중에게 외친다면 어느 누가 곧이듣겠는가. 하물며 자기 서재에 버젓이 '독락당'이란 이름을 붙인다면 더더욱 어리석고도 미련한 짓이 아니겠는가.

아아, 그 누구라도 평생을 마음 흡족하게 즐기다 가고 싶은 것은 인지상정이다. 그러나 천자의 존귀함과 온 세상 부유함을 차지하고서도 그게 쉽지 않다. 단 하루의 즐거움을 구한다고 해도 마음에 찰 만큼 만족을 느끼는 경우가 거의 없을 테다. 하물며 사는 게 궁핍하여 근심을 이기지 못하는 보통남자에게 있어서이랴만, 그것은 별다른 이유에서가 아니다. 좋음과 싫음이 외계 사물에 좌우되고 이해득실의 계산이 마음속에 오락가락하며, 속으로 악착스레 구하고 늘 서둘러도 부족하기 짝이 없는 삶인데 대체 어느 겨를에 즐거움을 찾는단 말인가.

마음속에 스스로 만족함이 있고 외계사물에 기대함이 없어야만 비로소 '즐겁다' 할 수 있겠다. 따라 한다거나 흉내 낸다고 얻어지는 게 아닌데, 어찌 억지로 이룰 수 있겠는가. 그러나 천지에 가득한 태극원기를 품고 호연지기를 기른다면 우러르고 굽어보아도 부끄러움이 없고 홀로 선다 해도 두렵지 않게 되는데, 그 이치가 꼭 들어맞음을 아는 통로는 참으로 지극한 정성에 있을 뿐이다. 아비가 자식에게 전할 수 있지도, 자식이 아비에게서 얻을 수 있지도 않게 되어 있다.

요 임금이 이로써 천하를 다스렸고, 순 임금이 이로써 어버이를 섬겼고, 우 임금이 이로써 물과 흙을 다스렸고, 비간은 이로써 임금을 섬겼고, 굴원(BC. 343~283)은 이로써 시속을 근심하였다. 공자와 동시대에 살았던 은자, 장저와 걸닉은 들에서 나란히 밭을 갈았으며, 진나라 때의 죽림칠현 유영과 완적의 무리들은 종신토록 술을 마셨으니, 비록 각자의 본성은 같지 않아도 또한 지극한 즐거움이 그 속에 담겨 있었다.

이 몇몇 군자들이 만약 털끝만큼이라도 만족하지 못하였고 온몸이 일에 지쳐 살았다고 하자. 그러면 요 임금은 아흔 살 넘어 백 살이 되기도 전에 정사를 게을리 하였을 것이요, 순 임금은 거문고 타기에 게을리 하였을 것이요, 우 임금은 나막신썰매(우 임금이 치수사업을 하면서 육지로 갈 때에는 수레를 타고 물로 갈 때에는 배를 타며, 진흙땅으로 갈 때에는 진흙썰매[교橇]를 타고 산으로 갈 때에는 나막신썰매[국梮]를 탔다고 한다) 타기에 지쳤을 것이요, 비간은 자기 심장이 갈라지는 형벌을 당하지 않았을 것이고, 굴원은 물에 빠져 죽지 않았을 것이고, 장저와 걸닉은 밭가는 데 안주하지 못했을 것이니, 무릇 천하의 이해와 영욕이 모두 그 마음을 움직이게 하여 자신의 평소 행동을 교란하였을 터이다. 그러므로 자기 본성대로 행하되 충분히 자기 자신에 몰입할 수 있다면, 술 마시는 것만으로도 평생을 여유 있게 즐길 수 있다. 하물며 밝은 창, 조촐한 책상에서 낮이나 밤이나 글 읽기를 게을리 하지 않는 사람에 있어서이랴.

최씨의 자제 진겸이 노을 뜨는 시냇가에 집을 지었다. 그 집의 이름을 '독락당'이라 하고 뜻 맞는 선비 몇 명과 이 집에서 글 읽기를 하니, 이는 옛사람의 도에 뜻을 두었기 때문이다. 나는 그 뜻을 장하게 여겨 이와 같이 기를 짓고, 그 일에 더욱 전념케 하여 그의 '혼자 즐김'을 '더불어 즐김'으로 바꾸고자 한다. 이는 내가 그 즐거움을 모든 사람들에게 알리고자 하기 때문이다.

— 「독락저기」

매화꽃을 사시오

나는 집이 가난하고 꾀가 모자랍니다. 생계를 꾸리려 후한 때의 방덕공이 벼슬을 버리고 농촌에 숨어 살았던 것을 본받고 싶지만 전국시대 정치가 소진과 같은 한탄만 있을 뿐이죠.

허물 벗음은 이슬 마시는 매미보다 더디고 지조는 흙을 먹는 지렁이에 부끄러울 뿐이외다. 옛날에 매화 삼백예순다섯 그루를 심어 날마다 한 그루씩 보면서 세월을 보낸 사람이 있었는데, 지금 나는 셋방살이 신세가 되어 고산(송나라 때 시인 임포(967~1028)가 서호의 고산에서 매화와 학을 벗삼아 은거하였는데, 주변에 매화 360그루를 심고 소일하였다고 한다)과 같은 동산이 있을 턱이 없으니, 앞으로 어찌하면 좋지요?

벼루 가는 어린 종이 손재주가 참 교묘합니다. 그래서 문필로 생활하는 짬짬이 나도 따라서 절지의 매화를 만듭니다. 촛농은 꽃잎이 되고 고라니 털은 꽃술이 되고 부들 꽃가루는 꽃술의 구슬이 되는데, '윤회화輪回花'라 부르지요. 왜 '윤회'라 일컫느냐고요? 원래 나무에 붙어

나게 마련인 꽃이 자기가 밀랍이 될 걸 어찌 알았겠으며, 밀랍은 벌집에 있기 마련인데 자기가 꽃이 될 줄을 어찌 알았겠습니까? 꽃잎 다섯 장이 말려 있으면서 꽃술이 나와 있지 않은 '노전'과 꽃잎 석 장은 떨어지고 남은 두 장도 떨어지려 하나 꽃술만은 싱싱한 '원이'도 영락없이 진짜 매화입니다. 꽃잎 다섯 장이 벌어진 모습 또한 아주 자연스럽지요. 오직 땅에 박히지만 않았을 뿐 바로 자연의 정취를 볼 수 있지요. 황혼의 달 아래, 비록 그윽한 향기가 풍기는 것은 없지만, 가득히 눈 쌓인 산중에 옛 선비가 누워 있는 모습을 충분히 상상하고말고요.

나는 그대에게 먼저 매화 한 가지를 팔아서 그 값을 정하고 싶소.
만약 가지가 가지답지 못하거나, 꽃이 꽃답지 못하거나, 꽃술이 꽃술답지 못하거나, 꽃술의 구슬이 구슬답지 못하거나, 상 위에 놓아도 빛이 나지 않거나, 촛불 아래서도 성긴 그림자가 생기지 않거나, 거문고와 짝지어도 기이한 홍취를 자아내지 않거나, 시에 넣어도 운치나지 않거나, 하나라도 이런 점이 있다면 영원히 마다하서도 끝내 원망하는 말을 하지 않을 거요. 이만 줄이오.

—「매화를 파는 편지」

제비바위

이 아우가 산골짜기로 들어와 살려고 마음먹은 지가 벌써 9년이나 되었습니다. 물가에서도 잠을 자고 바람도 피하지 않은 채로 밥을 지어먹으며, 가진 것이라고는 두 주먹만 꽉 쥐었을 뿐이라, 마음은 지치고 재간은 서투르니 무엇을 이루어 놓았겠습니까. 겨우 돌밭 두어 이랑에 초가삼간을 마련했을 뿐이지요. 가파른 비탈과 비좁은 골짜기에는 초목만 무성하여 애초부터 오솔길도 없었지만, 골짜기 입구를 들어서고 나면 산기슭이 다 숨어 버리고 문득 형세가 바뀌어 언덕은 평평하고 기슭은 부드러우며 흙은 희고 모래는 곱고 깨끗합니다. 평탄하면서도 툭 트인 곳에다 남쪽을 향해 집터의 형국을 완전히 갖추었는데, 집터가 지극히 작기는 하지만 서성대며 노닐고 안식할 만한 공간이 모두 갖추어진 셈이지요.

앞면 왼쪽에는 깎아지른 것 같은 푸른 벼랑이 병풍처럼 펼쳐 있습니다. 게다가 바위틈은 깊숙이 텅 비어 저절로 동굴을 이루고 제비가 그 속에 둥지를 틀었으니, 이것이 바로 연암, '제비바위'랍니다. 집 앞으로 백여 걸음 되는 곳에 평평한 대가 있는데, 모두 바위가 겹겹이 쌓여 우뚝 솟은 것으로 시내가 그 밑을 휘감아 도니 이것을 조대, 즉 '낚시터'라 합니다. 시내를 거슬러 올라가면 흰 바위들이 마치 먹줄을 대고 깎은 듯이 널려있고, 그 사이에서 물이 잔잔한 호수를 이루기도 하고 맑은 못을 이루기도 하는데 노는 고기들이 엄청나지요. 이 물에 저녁볕이 비껴들면 늘 바위그림자가 어른거려서 '엄화계罨畫溪'라고도 합니다. 산이 감싸고 물은 겹겹이 휘돌아 사방 촌락과 두절된 격인데, 한길을 나가 칠팔 리를 거닐어야만 비로소 개 짖는 소리와 닭 울음소리를 듣게 되지요.

지난 가을부터 불러 모은 이웃이 현재 서너 가구에 지나지 않는데, 모두 떨어진 옷에 귀신같은 몰골로 무슨 소리인지 지절지절하며 오로지 숯 굽는 일에만 종사하고 농사는 짓지 않습니다. 깊은 계곡에 사는 오랑캐가 호랑이나 표범을 이웃 삼고 족제비나 다람쥐를 벗 삼는다더니 그와 진배없습니다. 험하고 동떨어짐이 이같은데도, 마음속으로 한번 이곳을 좋아하게 되자, 어떤 곳과도 바꿀 수 없게 되었습니다. 이미 집 뒤에 형수님 묘까지 썼으니 영영 옮기지 못할 땅이 되어버렸지요.

굴피지붕에 소나무 처마로 된 집이라 겨울에 따뜻하고 여름엔 서늘

합니다. 조와 보리로 한 해를 무사히 넘길 수가 있고 채소와 고사리가 매우 왕성하게 자라 한번 캤다 하면 대바구니에 가득 찹니다.

—홍대용에게 보낸 편지 중에서

박남수에게 답하다

　사흘 낮밤 줄곧 비가 내리더니 가엾게도 필운동에 흐드러졌던 살구꽃이 다 떨어져 붉은 진흙으로 변해버렸다. 진작 이리 될 줄 알았더라면 미리 불러서 하루쯤 심심풀이놀이라도 할 걸 그랬다. 긴긴날 무료히 앉아 홀로 '쌍륙'을 즐기자니, 오른손은 갑이 되고 왼손은 을이 되었구나. '다섯이야!' '여섯이야!' 외치다 보니 어느새 이편저편 구분이 생기고 승부에 마음을 쏟게 되고 번갈아가며 적수가 되니, 나도 모를 일이다. 다 같이 내 몸에서 뻗어 나온 두 손을 가지고 이 손은 더 사랑하고 저 손은 덜 사랑하고 그럴 줄이야. 이 두 손이 이미 저것과 이것으로 나뉘어졌다면 어엿한 하나의 독립된 사물이라 이를 수 있으며 나는 그들의 조물주가 되는 셈인데, 오히려 사사로운 정을 이기지 못하고 편들거나 억누르고 있으니 참 한심하다. 지난 비에 살구꽃은 다 이울었지만 복사꽃은 한창 어여쁘더라.

　하기야 모를 일이다. 저 위대한 조물주가 복사꽃을 편들고 살구꽃을 억누른 것 또한 사사로운 정이 개입되어 그런 건지.

　발 곁에서 문득 제비가 지저귀는데, 이른바 '회여지지 지지위지지 (誨汝知之 知之爲知之 공자가 자로에게 말하기를, "너에게 아는 것이 무엇인지 가르쳐 주겠다. 아는 것을 안다고 하고 모르는 것을 모른다고 하는 것, 이것이 바로 아는 것이니라. 誨汝知之乎 知之爲知之 不知爲不知 是知也"라고 하였는데, 원음이 제비의 지저귀는 소리와 비슷하여 제비를 묘사할 때 자주 쓰인다)'라 하기에, 나도 모르게 웃음 터뜨리며 제비에게 일러주었다.

　"네가 글 읽기를 좋아하는구나. 그러나 공자가 '바둑이나 장기도 있지 않느냐? 그나마 하지 않는 것보다 낫겠지' 하였느니."

　내 나이 사십이 못 되었는데 벌써 머리는 허옇게 쇠어버리고 기력이고 몸태고 영판 노인이라, 제비 손님과 장난치며 웃는 이것이 노인의 소일하는 비결일세.

　이때에 느닷없이 자네의 편지가 내 앞에 떨어져 나의 외로운 마음을 다분히 적셔주기는 하였네. 그러나 자줏빛 '첩'에 쓴 부드러운 필치는 너무도 문곡(김수항, 1629~1689)과 흡사하여 우아한 점은 있지만 웅건한 기상이 전혀 없네그려. 이는 용곡 윤상서(윤급, 1697~1770)가 비록 지위 높고 언행이 점잖은 사람들의 모범은 될지언정 결국은 대가의 필법은 아닌 것이나 다름없으니, 이 점만은 유념해야 할 것이네.

　이만 총총.

'기상새설' 네 글자

새벽에 몸을 일으켜보니 세수하고 머리 빗는 일도 귀찮아졌다.

달이 막 떨어져버리자 온 하늘엔 총총한 별들이 저마다 깜박거리며 신호를 보내고 온 마을 닭들도 번갈아가며 홰를 쳐댔다.

몇 리를 못 가 안개가 자욱하게 내리더니 큰 벌판을 삽시간에 수은 바다로 만들었다. 그 사이로 한 떼거리의 의주 장사꾼들이 서로 지껄이며 지나가고 있었다. 소리가 하도 몽롱하여 마치 꿈속에서 듣는 기이한 낭송소리마냥 긴가민가한데다 도무지 사람형상도 보이질 않으니 이루 말할 수 없이 신비로웠다.

하늘빛이 훤해지자 길에 빽빽이 늘어선 버드나무에서 매미가 한꺼번에 울기 시작한다. 저들이 저토록 호들갑스레 알려주지 않더라도 도대체 어느 누군들 한낮의 더위가 대단히 뜨거운 줄을 모를까.

들을 가득 메웠던 안개가 차차 물러가자 먼 마을 사당 앞에 세워진 깃발이 돛대인양 펄럭인다. 동쪽 하늘가를 돌아보니 불을 지폈는가 싶게 구름이 붉어지더니 불덩이 하나가 옥수수 밭 저편에 반쯤 잠겨 움찔대고 있다. 솟을까 말까 생각하는 듯싶다가 이윽고 요동벌판을 남김없이 감싸 안아버린다. 땅 위에 있는 모든 것들. 말이며 수레며 나무며 집이며 털끝 하나까지도 불덩이에 휩싸이기 시작했다.

신민둔의 시가나 점포는 요동 못지않게 번화하다.

한 전당포엘 들어서니 눈부신 포도덩굴이 눈앞을 가린다. 뜰 가운데쯤엔 갖가지 괴석을 포개어 하나의 산을 이루어놓았고, 산 앞에는 한 길쯤 되는 항아리에다 연꽃 너덧 포기를 피워놓았는가 하면, 나무통 한 개를 땅에 묻고 거기다가 원앙 한 쌍을 기르고 있다. 산 위에는 종려·추해당(베고니아)·석류 등 화분이 열 개 가량 앉아있고, 장막 아래 나란히 놓인 의자엔 우람한 사내 대여섯이 앉아 있다가 나를 보고 일어나 정중하게 읍한다.

"여기 앉으십시오. 시원한 냉차 한 잔 올리겠습니다."

점포 주인이 젖빛 띤 금색으로 이무기 두 마리를 그린 붉은 종이 두 장을 끄집어내며 말했다.

"여기다가 주련(기둥이나 바람벽에 장식으로 붙이는 글) 한 편 지어주시겠는지요?"

나는 곧바로 붓을 휘둘렀다.

목욕하는 원앙 한 쌍은 날아다니는 비단이요 鴛鴦對浴能飛繡
갓 피어난 연꽃송이는 말없는 신선이라　　菡萏初開不語仙

모두들 내 필법이 무척 아름답다고 입에 침이 마르도록 칭찬하며 탄성을 지른다. 덩달아 신이 났는지 주인이 벌떡 몸을 일으켰다.

"영감, 잠깐만 기다리서요. 제가 더 좋은 종이를 다시 가져 오겠습니다."

조금 있자 주인은 왼손엔 종이를, 오른손엔 진하게 갈아둔 먹 한 종지를 받쳐 들고 왔다. 그리고는 칼로 백로지 한 장을 끊어 석 자 길이로 만들더니 문 위에 어울릴 좋은 현판 글 하나를 부탁하는 거였다.

문득 '기상새설欺霜賽雪'이란 네 글자가 떠올랐다. 길을 지나을 때 가끔 눈에 밟히던 점포 문설주의 글이다. 이 글을 두고 나는 처음 이런 생각을 했다.

'속일 기欺, 서리 상霜, 푸닥거리할 새賽, 눈 설雪…… 서리를 속이고 눈으로 굿을 한다? 자기네들의 마음바탕이 가을 서릿발을 능가할 만큼 깨끗하고 희디흰 눈빛처럼 밝다는 건가보다.'

며칠 전 난리보를 지날 때에도 다른 점포 문설주에서 이 네 글자를 발견했는데, 필법이 유난히 기묘해 말을 멈추고 한참을 음미했었다.

혼자 사는 즐거움　41

'상설이라는 두 글자는 틀림없이 해악 미불(1051~1107)의 글씨체였겠다…… 이제 그 체대로 한번 써 볼까나.'

나는 일단 붓끝을 먹물에 담가 붓을 눕힐락 세울락 하며 조절하였다. 붓끝에 붉은 기운이 감돌며 진묵 연묵이 고루 퍼지자, 나는 종이를 펴고 왼쪽에서 오른편으로 쓰기 시작하여 '설雪' 자 하나를 완성했다. 비록 미불의 글씨체에야 비길 수 없겠지만, 어찌 태사 동기창(1554~1636)만이야 못하랴 싶게 잘되었다. 구경하는 사람들의 수가 점점 늘어나는데, 하나같이 찬탄한다.

"글씨가 퍽이나 잘 되었습니다."

다음 '새賽' 자를 쓰자 더러는 "잘 되었다."며 칭찬하는 이도 있으나 주인의 기색이 점점 달라지면서 조금 전 '설' 자에서처럼 절규하지는 않는다.

'새'야 늘 써본 글자가 아니니 손에 익지 않은 거다. 하물며, 윗부분의 '면宀' 자 아래 '공共' 자까지는 너무 빽빽하게 된데다 아랫부분의 '패貝' 자는 너무 길쭉하게 되었고, 미상불 진묵 한 방울이 '새' 자의 왼편에 잘못 떨어져서는 점차 번져 마침내 표범처럼 얼룩져버렸으니 기분 나쁘지 않으면 정상이 아니겠다.

하지만 나는 모른척 했다. 그리고 짐짓 단숨에 잇달아 '상霜 · 기欺' 두 자를 일필휘지로 내려쓰고는 붓을 내던졌다. 주욱 훑어본즉, '기상새설' 네 자가 틀림없다. 그런데 주인은 머리를 절레절레 흔든다.

눈물은 배우는 게 아니다

"이 글귀는 우리와는 아무런 상관이 없어요."

그러거나 말거나 나는 몸을 일으키며 하직인사를 했다.

"또 봅시다."

그러고 나는 혼잣말로 투덜거렸다.

"하기야, 이런 옹색한 시골동네서 장사하는 주제니 어찌 심양 사람들 안목을 따라가겠나. 제놈들 장사하는데 상관이 있고 없고 간에, 제까짓 놈이 글이 잘되고 못된 건 어찌 안단 말야."

이날 해가 뜬 뒤에 바람이 온 누리를 뒤덮을 듯이 불어치더니, 오후에는 멎고 공중에 한 점 바람기도 없어 더위가 더욱 찌는 듯하다.

—『열하일기』중에서

내 이름은
내 몸의 것이 아니다

게으르게 살다

'주영렴수재'는 양인수의 초당으로, 집은 푸른 벼랑 노송 아래에 있었다.

모두 여덟 개의 기둥을 세우고 그 안쪽을 칸으로 막아 깊숙한 방을 만들었으며 창살을 성글게 하여 밝은 마루를 만들었다. 층루를 드높이고는 아늑하고 좁다랗게 만든 방을 대 난간으로 두르고 띠풀로 지붕을 이었다. 오른편엔 둥근 창문, 왼편은 교창(실내를 밝게 하기 위해 설치하는 창으로, 창살을 효交 자 모양으로 짜기 때문에 교창이라 한다)을 냈다. 몸체는 비록 크지 않으나 오밀조밀 갖출 것은 거의 갖추어진 게 겨울에는 밝고 여름에는 그늘이 우거졌다. 집 뒤에는 배나무가 여남은 그루 있고 대 사립 안팎은 모두 묵은 은행나무와 붉은 복숭아나무이고, 하얀 돌이 바닥에 깔려 있다. 시냇물이 맑은 소리를 내며 재빨리 흐르는데, 머나먼 샘물을 섬돌 밑으로 끌어들여 네 귀가 번듯한 연못이 되어 있다.

양군은 본성이 게을러 들어앉아 있기를 좋아하였다.

이것저것 귀찮아지면 문득 주렴을 내린다. 그리고 검은 궤짝 하나, 거문고 하나, 검 하나, 향로 하나, 술병 하나, 다관 하나, 고서화 한 축, 바둑판 하나 사이에 퍼진 듯이 누워 버린다. 늘 하는 식으로 자다 깨어 주렴을 걷고 해가 일렀는지 늦었는지를 가늠할 때면 섬돌 위 나무 그늘이 어느새 옮겨 있고, 울 밑에 낮닭이 첫울음을 울었다. 그제야 그는 몸을 일으켜 느릿느릿 움직인다.

궤에 기대어 검을 살펴보기도 하고, 거문고 두어 곡을 타다가 술 한 잔을 홀짝거려 자기 가슴을 트이게도 하고, 때로는 향을 피우고 차를 달이며, 또는 서화를 펼쳐 보는가 하면, 골똘히 바둑 책을 들여다보면서 두어 판 벌여 놓기도 한다. 그러다보면 이내 하품이 물밀듯이 나오고 눈시울은 구름 덮인 하늘처럼 무겁게 내려앉아 다시 또 벌렁 드러눕는다. 손님이 문에 들어서면 언제나 방에는 주렴이 드리워져 있고 뜰엔 꽃이 가득 떨어져 있으며 처마 끝 풍경은 저 혼자 울고 있다.

"인수, 인수, 인수 있는가? 아 없는가?"

그렇게 주인의 자를 서너 번 부르고 나서야 일어나 앉는 양인수. 그는 또다시 나무 그늘과 처마 그림자를 바라본다. 아직도 해가 서산에 걸리지 않았다.

—「주영렴수재기」

눈물은 배우는 게 아니다

왕거미 거미줄 치는 모습

스무 이튿날 국옹(홍대용의 벗)과 함께 걸어서 담헌(홍대용)의 집어 이르렀다. 풍무(가객 김억 : 1746~?)가 밤에 왔다. 담헌이 가야금을 타니, 풍무는 거문고로 화답하고, 맨상투로써 국옹이 노래를 했다.

밤이 깊어지자 사방에서 구름장이 몰려들며 더위도 잠시 물러났다.

가야금소리도 더욱 맑아졌다. 옆의 사람들은 고요하기만 해서, 마치 '연단술사'가 오장에 깃든 신을 관조하는 듯하고 참선하는 승려가 문득 전생을 깨치려는 듯하였다. 자신을 돌아보아 올바를 경우에는 '삼군'이라도 두려울 게 없다더니, 국옹은 옷을 훨훨 벗어던지고 드 다리를 쭉 뻗은 채로, 도무지 옆에 사람은 아랑곳하지 않고 목청껏 노래하였다.

매탕(이덕무의 또 다른 호)이 언젠가 처마 틈에서 왕거미가 거미줄 치는 모습을 봤다면서 몹시 기쁜 듯 설명했었다.

"아주 절묘하더라고요. 잠깐 머뭇거리는 모양은 마치 무슨 궁리를 하는 것 같고, 가끔 재빨리 움직이는 모양은 마치 무언가를 깨달은 것 같았지요. 파종한 보리를 발로 밟아주는 시늉을 하기도 하고, 거문고 줄을 손가락으로 누르는 시늉도 하는 것 같습니다.”

지금 담헌과 풍무가 비파와 거문고로 화답하는 모습을 보고서야, 비로소 나는 그 왕거미의 행동을 이해할 수 있게 되었다.

지난해 여름에 담헌의 집엘 찾아갔었다. 그때 담헌은 한창 악사 연과 함께 거문고에 대해 이야기하는 중이었다. 비가 쏟아지려는지 동쪽 하늘가에는 구름이 먹빛 같아졌고, 천둥소리 한 번이면 용이 승천하여 비를 부를 수 있을 듯도 싶었다. 때마침 천둥소리가 하늘을 가르고 지나가자, 담헌이 연공에게 물었다.

“이건 무슨 성(전통음악의 기본 다섯 음률 : 궁 · 상 · 각 · 치 · 우 중에서)에 속하겠는가?”

마침내 거문고를 당겨 안고서 담헌이 천둥소리와 곡조를 맞추었고, 나도 ‘천뢰조’를 지었다.

—「여름밤잔치의 기록」

눈물은 배우는 게 아니다

달밤에 초백이를 부르다

7월 열사흘 밤에 박성언(박제가의 적형 박제도 1743~1819)이 이성의(이희경)와 그의 아우 성흠(이희명)·원약허(원유진)·여생·정생·동자 현룡을 데리고 지나는 길에 이무관(이덕무)까지 끌고 찾아왔다. 마침 참판 서유린(1738~1802)도 먼저 와서 자리에 앉아 있는 참이었다. 그런데 성언은 다리를 꼰 채 팔짱을 끼고 앉아서는 밤이 얼마나 깊었나 하고 시간만 살피는 모양새가, 입으로는 '가야겠다'고 작별 인사를 하면서도 짐짓 오래도록 눌러앉았다. 좌우를 살펴보아도 아무도 선뜻 먼저 일어날 기색이 없고, 서유린 역시도 갈 기미가 전혀 보이지 않았다. 그러다 성언이 마침내 모두를 끌고 나가버렸다.

한참 후에 동자 현룡이 돌아오더니 성언의 말을 전하는 거였다.

"손님은 이미 떠났을 터이니, 여러분들이 거리를 산보하다가 선생님을 기다려 술을 마시려고 합니다."

서유린이 웃었다.

"허어, 이거 내가 진나라 사람 아니라고 쫓아내는구려."(진시황이 진나라 출신이 아닌 관리들을 추방하려 한 일을 빗대어 말함)

드디어 몸을 일으켜 동자와 함께 거리로 가자, 성언이 사뭇 농담조로 질책하는 거였다.

"하도 달이 밝아 어른이 집에 들렀는데, 술을 마련하여 환대는커녕 귀인만을 붙들고 이야기하면서 어른은 오래도록 밖에 서 있게 하시니, 어쩌자는 거요?"

"아이쿠, 어른을 기다리게 해서 미안하오."

성언이 주머니에서 50전을 꺼내어 술을 샀다. 조금 취하여 운종가로 나간 우리는 종각 아래 내린 달빛을 밟으며 거닐었다. 이윽고 종루의 밤 종소리가 울렸다. 이미 삼경 사점(현대 시각으로 밤 12시 반쯤)이 지난 시각이라 달은 더욱 밝아지고, 우리 그림자는 모두 길이가 열 발이나 늘어져 자기가 자기 그림자를 돌아보는데도 섬뜩하여 두려울 지경이었다. 거리에서 개들이 어지러이 짖어대는가 싶더니, 희고 여윈 큰 맹견 한 놈이 동쪽에서 걸어왔다. 모두들 둘러싸고 쓰다듬어 주자, 개는 기쁜지 꼬리를 흔들며 얌전히 고개를 숙인 채 오래도록 서 있었다.

일찍이 들으니 이 커다란 맹견은 몽골에서 난다는데 말과 비슷한 덩치에다 성질까지 사나워서 다루기가 어렵다고 한다. 중국에 들어간 놈은 그중에 특별히 작은 종자라 길들이기가 쉽고, 우리나라에 들어온 놈은 더욱더 작은 종자라고는 하지만, 그래도 토종개에 비하면 월

눈물은 배우는 게 아니다

등히 크다. 이놈은 이상한 것을 보아도 잘 짖는 편이 아니지만, 한번 성냈다하면 으르렁거리며 위엄을 과시한다. 세간에서는 이놈을 호백이라 부른다. 가장 작은 놈은 발발이라 부르는데, 그 종자가 중국 '운남'에서 나왔다고 한다. 모두 고깃덩이를 즐기며, 아무리 배가 고파도 똥을 먹지 않으며, 사람의 뜻을 잘 알아차려서 목에다 쪽지를 매어주면 아무리 먼 곳이라도 반드시 전달하며, 혹 주인을 못 만나면 꼭 그 주인집 물건을 물고 돌아와서 신용표시로 삼는다고 한다. 해마다 사행을 따라 우리나라에 들어오지만 대부분 굶어죽으며, 언제나 홀로 다니고 기를 펴지 못한다.

무관이 취중에 놈의 이름을 '호백'이라 지어 주었다. 그런데 조금 뒤에 놈이 어디론지 가버리고 보이지 않자, 무관은 퍽 섭섭한 모양이었다. 그는 동쪽을 향해 서더니 "호백이!" 하고 마치 오랜 친구나 되는 듯이 세 번이나 불러댔고, 그 통에 모두들 크게 웃었다. 그러자 거리에서 소란 피우던 개떼들도 마구 달아나며 더욱 시끄럽게 짖어댔다.

지나는 길에 '현현'에 들러 술을 더 마시고 크게 취하였는데, 나는 운종교를 거닐다 말고 다리 난간에 기댄 채로 옛일을 떠올렸다.

"정월 대보름 밤이었던가, 이 다리 위에서 연옥이 한바탕 춤을 추었어. 그리고 나서 우린 백석의 집에서 차를 마셨는데, 그때 혜풍(유득공)이 장난삼아 거위의 목을 끌어안고 여러 번 뺑뺑이를 돌았지. 그러면서 꼭 종에게 분부하는 시늉을 하는 바람에 모두 한바탕 웃고 즐겼는데, 벌써 6년이 지났구먼. 혜풍은 남으로 금강을 유람하고 연옥은 서쪽 관서로 나갔는데 모두 다 별고 없는지 모르겠다."

다시 수표교(청계천의 다리 이름)에 당도한 우리는 다리 위에 나란히 앉았다.

달은 바야흐로 서쪽으로 기울며 순수하게 붉어지고, 별빛은 더욱 흔들흔들하며 동글동글 커지더니 얼굴 위에 방울방울 떨어질 것만 같았다. 이슬이 짙게 내려 옷과 갓이 다 젖을 때쯤, 흰 구름이 동쪽에서 몸을 일으키더니 살살 옆으로 뻗어가다 조용히 북쪽에다 자리를 잡았다. 성 동쪽에 청록색이 더욱 짙어질 즈음, 맹꽁이는 눈 어둡고 귀먹은 원님 앞에 몰려온 난민들이 송사하는 소리를 냈고, 매미는 일과를 엄히 지키는 서당에서 막상 시험일이 닥치자 소리를 크게 내어 글 외우는 소리를 냈으며, 오로지 홀로 나서서 바른말을 자기소임 삼은 한 선비처럼, 닭은 목청을 뽑았다.

—「취하여 운종교를 거닐다」

금학동 별장에 모여서

    연암협에 있는 나의 거처는 개성에서 겨우 30리 거리에 있었으므로 나는 항상 개성에 나가서 노닐곤 하였다. 금년 겨울에 규장각 직제학 유사경(유언호의 자)이 막 개성 유수로 부임하여 이미 그의 거처에서 서로 만난 적이 있는데, 즐겁던 옛일 이야기하기를 빈천했던 선비 시절과 똑같이 하였으니, 세속에서 말하는 출세와 몰락 따위는 서로 염두에 두지 않은 것이었다.

    하루는 사경이 뒤따르는 사람들을 단출히 한 뒤에 아들만 데리고 금학동엘 왔다. 그때 나는 양씨의 별장에 머물고 있었는데, 곧 술을 데워놓고는 각기 지은 글을 내보이며 서로 비평하였다. 그러다가 마주 보고 웃었다.

    "마하연에서 하룻밤을 묵었던 때와 비하면 어떠한가? 단지 백화암에서 참선하던 '준'만이 없을 뿐일세(마하연은 내금강에 있는 절이고, 백화암은 그에 딸린 암자이다). 조촐하게 모인 걸로 치면 관천의 모임과 비슷한

데, 우리들 머리가 어느새 모두 허옇게 되었네그려!"

관천은 한양 서소문 밖 나의 옛집이 있던 곳이다. 금강산에서 돌아온 어느 날, 거기서 우리 몇 명이 모여 놀았다. 그때 내 나이가 스물아홉이었으니 사경보다는 일곱이나 적었다. 그렇지만 나는 그때 양볼에 흰 털이 대여섯 가닥이나 나 있어서, 시 지을 재료가 생겼다고 무턱대고 좋아하였다. 그로부터 13년이 지나고 보니, 시를 지을 때 재료로 쓰겠다던 그 흰머리가 걷잡을 수 없이 늘어났다. 사경도 행정업무와 군사업무를 함께 보느라고 그런지 위아래 수염이 하얗게 되고 말았다.

사경이 자기 살쩍 뒤의 금관자를 손으로 만지작거렸다.

"제 눈으로 보기에도 겸연쩍을 테지만, 하물며 살쩍 뒤에 있으니 제 눈으로 볼 수나 있겠나?"

문득 지난번 일이 떠올랐다.

"그날 저녁, 길가에서 군대행렬을 보았네. ……연암에서 개성으로 들어오던 길이었지 아마……. 내가 글쎄, 군사훈련을 마치고 고을로 돌아오던 유수와 마주쳤지 않겠나. 그때 날이 어두워 깜깜하였는데, 고을 백성들이 죄 길가에 엎드려 있더군. 그래서 나도 말에서 내려 길가에 엎드렸지. 엎드려서 옆 눈으로 보니, 햇불이 휘황하고 깃발들이 펄럭이는 게, 장관이더군."

사경이 크게 웃었다.

"왜 내 자를 부르지 않고?"

내가 부르지 않은 까닭을 해명하였다.

"원앙대(5인의 병사가 1조를 이루는 것을 '오'라 하는데, 1·3·5·7·9번째 병사들이 '좌오'가 되고 2·4·6·8·10번째 병사들이 '우오'가 되어, 가로로 보면 2인이 하나의 짝을 이루도록 편성한 부대)를 지어 열 걸음 간격으로 세 줄을 선 모습을 보아하니 훈련도감보다는 좀 못해도 평양군대보다는 훨씬 낫더구만. 그런데 후방을 방어하는 난후병은 벙거지를 번듯하게 쓰고 더그레는 앞뒤로 두 치쯤은 짧은 것이, 한결 씩씩하고 의기양양해보였지."

사경이 또 묻는 거였다.

"내 모습은 어떻던가?"

"나는 장군의 초상화만 보았지, 장군은 보지 못했다네."

"그건 무슨 소린가?"

"왼쪽에 온원수, 오른쪽에 마원수, 앞에는 조현단이 있더군(모두 귀신장수의 이름으로 전해 내려오는 명칭들이다). 초헌 뒤에 따르는 말 위에서 들고 있는 깃발은, 보아하니 검은 바탕에 별을 그린 모습이 구진기이더군('구진'은 북극성을 가리킨다. 따라서 구진기는 통솔자를 표시하는 깃발이다). 내가 예전에 화공을 불러다 초상 그리는 사람을 보았는데, 으레 입을 다물고 얼굴빛까지 다듬어서는, 보통 때와는 아주 딴판이더라구. 장군께서도 그때, 기침과 재채기를 참았겠고, 어디가 가려워도 통 긁지도 못했겠지. 흐흐흐……."

사경이 손뼉까지 치며 큰 소리로 웃어댔다.

"하하하, 과연 그 자리에 내가 하나 더 있었던 모양일세. 자넨 또 다른 나를 보았던 게야."

나도 덩달아 크게 웃고는 덧붙였다.

"옛날에 조조가 스스로 일어나 칼을 쥐고 용상 앞에 서 있었으니(흉노가 사신을 보내오자, 조조는 자신의 용모가 보잘것없음을 꺼려 위엄 있고 잘생긴 신하 최염을 시켜 대신 용좌에 앉아 있게 하고, 자신은 스스로 칼을 쥐고 용상 앞에 서 있었다. 나중에 사람을 시켜 '조공이 어떻더냐?'고 물었더니, 흉노의 사신이 대답하기를 '조공이 잘생기기는 했으나, 용상 앞에서 칼을 쥐고 서 있던 사람이야말로 영웅이더라.' 했다), 그게 바로 자신을 보는 법일세. 그런데 장군이 말을 잘 타지 않는 것은 두원개(원개는 두예'222~2840'의 자인데, 진나라의 학자이자 이름난 장군이다)와 같건만, 『좌전』에 주석을 붙였단 말은 듣지 못했네. 띠를 느슨히 매어서 선비답게 보이는 모습은 양숙자(숙자는 양호의 자 인데, 두예를 천거해서 자기 후임에 앉혔던 장군이다. 그가 죽은 뒤에 사람들이 그를 추모하여 비석을 세웠다)와 같으니, 뒷날 누가 비석을 바라보며 눈물을 흘리는지 모를 일 아닌가."

그가 이렇게 말하고 몸을 일으키는데, 문밖에서 둥근달이 내리비치고 있었다. 나는 사경을 문까지 배웅하면서 말하였다.

눈물은 배우는 게 아니다

"내일 밤에는 달빛이 더욱 밝아질 걸세. 내가 남루에서 달을 구경하고 있을 테니, 장군께서도 거기까지 걸어올 수 있겠는가?"

"그러겠네."

이희천을 그리며

대체로 사람의 삶은 요행이라 할 수 있는데도 그 죽음이 공교롭지 않게 여겨지는 건 어째서인가? 죽음의 위험에 부딪치고 환난에 부닥치는 일이 하루에도 수없이 일어난다. 그런 일들이 눈 깜짝할 찰나에 스쳐가고 있는데도, 민첩한 귀와 눈, 손과 발이 순간순간 막아주는 까닭에 자각하지 못할 뿐이다. 평상시 사람들은 죽음에 대하여 안심하고 행동하며 밤새 무슨 변고가 있으리라는 염려는 하지 않기 마련이다. 만약 사람마다에 늘 뜻하지 않은 사고를 당하게 되리라 염려하게 장치되어있다면 어떨까? 그래서 비참하고 두려워서 종일토록 문을 닫은 채로 눈조차 가리고 앉아 있다 치자. 그러면 더욱 감당하지 못할 근심이 생기게 된다.

예전에 구름으로 그날의 운세를 알아맞히는 자가 한 여자의 관상을 보고서 대뜸 말했다.

"오늘 소가 들이받는 걸 조심하시오."

여자는 바로 그날 지게문(마루나 바깥에서 방으로 드나드는 외짝 문) 앞에서 귀이개로 귀를 후비다 그 문이 세차게 부닥치는 바람에 귀를 찔려죽었는데, 소뿔로 만들어진 귀이개였다. 또 어느 사주쟁이가 한 사내의 사주팔자를 보고는 그랬다.

"그대는 필시 쇠를 먹고 죽게 될 팔자로군."

그 사내는 이른 아침밥을 먹다가 젓가락이 목구멍으로 빨려 들어가는 바람에 죽었다. 이토록 딱 들어맞도록 증험을 보이다니 신기하지 않은가. 사고 당사자는 일을 당하기에 앞서 조심하라는 당부를 결코 잊지를 않았다. 문제는 쇠는 먹을 수 있는 물건이 아니며 소도 여녀자들의 방에서 기르는 것이 아닌 데에 있다. 아무리 하늘이 정해놓은 자기 수명을 아는 자라 할지라도 이런 일, 즉 귀이개가 소뿔 구실을 한다든가 젓가락이 쇠 구실을 하는, 이러한 복병을 미리 알아채고 조심하기란 결코 쉽지 않다.

슬프다. "군자는 그가 듣지 못하는 곳에서도 두려워하고, 그가 보지 못하는 곳에서도 경계한다."라고 했다. 어찌 소에 찔리고 쇠를 먹는 것에만 해당된 일이겠는가. 요컨대, 높은 산에 오르지 아니하고 깊은 물가에 다가가지 않고, 언어를 조심하고 음식을 조절하며, 나의 생각이 속에서 생겨나는 바를 경계하라는 말이다. 하지만 밖에서 불어 닥치는 환난이야 어찌하겠는가.

이몽직의 휘는 '한주(1749~1774)'이니, 본관은 덕수로서 충무공의 후

손이다. 그 부친은 절도사로 휘가 '관상'(1716~1770)인데, 나의 작은 매형인 의금부도사 서중수 씨가 외삼촌이라 부른다. 그런 관계로 몽직은 어렸을 때부터 내게 와서 배웠다. 그의 매제인 박씨의 아들 제운(박제가)은 젊은 나이로 문장에 능하여 호를 '초정'이라 하였는데 나와 친한 사이다. 몽직은 대대로 장수 집안 자제라 무관으로 종사했다. 그렇지만 문인을 워낙 좋아하여, 항상 초정을 따라 내게로 와서 나와 교유하였다. 그의 사람됨은 어려서는 곱고 귀여웠으며 장성하여서는 시원스럽고 명랑한 호남이었다.

그런데, 바로 그가 죽었다. 어느 날 남산에서 활쏘기를 익히다가 그만 빗나간 화살에 맞아 죽은 것인데, 그에겐 아들조차 없었다.

나는 내 친구 이사춘(이희천 1738~1771)이 죽은 뒤부터는 다시는 사람들을 사귀고 싶지 않았다. 그래서 경조사 모두를 외면해버렸다. 그러다보니 평생의 절친한 친구 유사경(유언호), 황윤지(황승원) 같은 이들이 험한 횡액을 만나 섬에서 거의 죽게 되었어도 한 글자 안부도 묻지 못하였다. 간혹 오가는 일이 있다 해도, 가까운 이웃에 밥 지을 물과 불을 얻거나 가까운 친척집 초상에나 마지못해 문상 가는 정도였다. 그러다보니 사람들이 무척 원망하고 노여워하는 등 꾸지람과 책망이 한꺼번에 들이닥쳤다. 내가 일부러 그렇게 하겠다고 결심한 바는 없었지만 결과가 그랬다. 하지만 나는 교제가 끊어짐도 오히려 달갑게 여겼고, 실성했다, 멍청한 사람이다, 라는 손가락질에도 괘념치 않았다.

대체로 생각은 다 망상이요, 인연은 다 악연이다.

생각하는 데서 인연이 맺어지고, 인연이 맺어지면 사귀게 되그, 사귀면 친해지고, 친하면 정이 붙고, 정이 붙으면 마침내는 이것이 원업으로 이어질 수 있다. 그 죽음이 '사춘'처럼 참혹하고 몽직처럼 공교로운 경우에는, 평생 서로 즐거워한 기억은 얼마 되지 않는데 마침내 재앙과 사망으로 고통이 혹독하여 뼈를 찔러대니, 이 어찌 망상과 악연이 합친 원업이 된 게 아니겠는가. 만약에 몽직과 애당초 모르는 사이였다면, 아무리 그가 죽었다는 소식을 들었더라도 이렇지는 않았겠다. 이토록 마음이 아프고 참담한 지경이 이처럼 심하지는 않으리라.

몽직이 나를 따라다니며 더불어 노닐었어도 사춘의 경우처럼 정이 깊거나 교분이 두텁지는 못했다. 그러나 달 밝은 저녁이나 함박눈 내린 밤이면 그는 문득 술을 많이 가지고 와서 거문고를 퉁기고 그림을 평론하며 흠뻑 취하곤 했었다. 나는 고요히 지내면서 이런 생활에 익숙해 있었는데, 가끔 달빛 아래를 거닐며 서글픈 생각에 빠지다 보면 어느새 몽직이 와 있곤 하였다. 어쩌다 눈 내리는 날엔 문득 몽직이 생각났고, 문밖에서 두드리는 소리가 났다 하면 정말로 몽직이었다. 그런데 이제는 그만이다.

내가 그의 집에 가서 곡하고 조문하지 못할 형편이다.

다만 그를 위해 이 사설을 지어 저 옛날 한창려(한유)가 구양생(구양첨)에 대한 애사를 손수 썼던 일을 본뜨고 드디어 한 통을 써서 초정에게 주는 바이다(한유는 요절한 벗 구양첨을 위해 「구양생애사」를 짓고 나서 덧붙인 '제애사후'에서 "나 한유는 본래 쓰기를 좋아하지 않았다. 이 글을 짓고 난 뒤 단 두 통만을 손수 써서, 그중 한 통은 청하의 최군에게 주었다. 최군과 나는 모두 구양생의 벗이다."라고 하였다).

—「이몽직에 대한 애사哀辭」

눈물은 배우는 게 아니다

석치는 참말로 죽었으니

만약에 석치(정철조의 호, 1730~1781)가 살아있다면, 더불어 곡을 할 수도 있다.

더불어 조문할 수도 있고, 더불어 욕을 할 수도 있고, 더불어 웃을 수도 있고, 더불어 여러 섬의 술을 마실 수도 있다. 너나없이 발가숭이가 되어 치고받고 꼭지가 돌도록 취하여 내가 너인지 네가 나인지도 잊어버릴 게다. 그 놀음을 연해연방 토악질을 하거나 머리가 짜개지거나 위장이 뒤집어지는 바람에 어찔어찔하여 거의 죽게 되어서야 그만두게 될 텐데, 아이고 지금 다시 보니 석치는 참말로 죽었구나!

석치가 죽자 그 시신을 빙 둘러싸고 곡을 하는 사람들은 바로 석치의 처첩과 형제 자손 친척들일 텐데 그 사람들의 수효가 진실로 적지 않다.

그들은 서로서로 손을 잡고 위로한다.

"덕문(상대 집안을 높여 부르는 말)에 불행이 닥쳤군요. 철인(죽은 이를 높

어 부르는 말)이 어쩌다 이 지경에 이르렀습니까?”

그 형제와 자손들이 절하고 일어나 머리를 조아리며 대답한다.

“제 집안이 흉한 화를 만났습니다.”

그의 벗들이 서로 더불어 탄식한다.

“이 사람은 확실히 얻기 쉽지 않은 사람이었다.”

더불어 끼리끼리 모여서 조문하는 사람들도 진실로 적지 않다.

석치와 원한이 있는 자들은 석치더러 ‘염병 걸려 뒈져라’고 심한 욕설을 했다지만, 석치가 죽었으니 욕설하던 자들의 원한도 갚아진 셈이겠다. 형벌로 죽음보다 더한 것은 없기 때문이다.

이 세상에는 인간세상을 한갓 꿈으로 여기면서 노닥거리는 자가 있기 마련이니, 그런 자가 석치의 부음을 들으면 틀림없이 한바탕 웃어젖힐 게다.

‘으하핫! 석치가 본래 상태로 돌아갔구나!’

그러면서 입에 머금었던 밥알이 나는 벌떼같이 튀어나오고 썩은 나무가 꺾어지듯 갓끈이 끊어질 게다.

‘석치, 참말로 죽었단 말이오? 귓바퀴는 이미 뭉그러지고 눈알도 이미 썩었단 말이오? 정말이지 듣지도 보지도 못한단 말이오? 하기야 젯술을 따라 땅에 붓고 있는 지경이니 마시지도 취하지도 못하겠구려.’

이제는 석치의 술친구였던 이들도 두 번 다시 뒤돌아보지 않고 자

리를 파하겠지. 그렇게 떠나가서는 자기네들끼리만 어울려 크게 한잔
하겠지.

—「정석치 제문」'1781년'

내 이름은
내 몸의 것이 아니다

영처자(이덕무)가 '당'을 짓고서 이름을 '선귤당'이라 하였다. 그러자 그의 벗 중에 한 사람이 비웃었다.

"그대는 왜 어지럽게도 호가 많은가(이덕무는 젊은 시절에 삼호거사·경재·팔분당·선귤헌·정암·을엄·형암·영처·감감자·범재거사 등의 호를 지녔다. 그 밖에 청음관·탑좌인·재래도인·매탕·단좌헌·주충어재·학초목당·향초원 등의 호가 있었다. 가장 널리 알려진 호는 '청장관'과 '아정'이다). 옛날에 열경(김시습의 자)이 부처 앞에서 참회하고 불법을 닦겠다고 크게 맹세하면서 속명을 버리고 법호를 따르겠다고 하자, 대사가 손뼉치고 웃으면서 열경더러 이런 말을 했네."

심하도다, 너의 미혹됨이여. 너는 아직도 이름을 좋아하는구나. 중이란 육체가 마른 나무와 같으니 '목비구'라 부르고 마음이 식은 재와 같으니 회두타(행각승)라 부르려무나. 산이 높고 물이 깊은 이곳에서 이름은 있어 어디에 쓰겠느냐. 너는 네 육체를 돌아보아라. 이름이 어디에 붙어 있느냐? 너에게 육체가 있기에 그림자가 있다지만, 이름은 본래 그림자조차 없는 것이니 장차 무엇을 버리려 한단 말이냐? 네가 정수리를 만져 머리카락이 잡히니까 빗으로 빗은 것이지, 머리카락을 깎아버린 이상 빗은 있어 무엇에 쓰겠느냐?

네가 장차 이름을 버리려고 한다지만, 이름은 옥이나 비단도, 땅이나 집도, 금이나 주옥이나 돈도 아니다. 밥이나 곡물도 아니며, 밥솥이나 가마솥이나 큰 가마나 큰솥도 아니며, 광주리도 술잔도, 곡식 담는 각종 제기도 고기 담는 제기도 아니다. 차고 다니는 주머니나 칼이나 향낭처럼 풀어 버릴 수 있는 것도 아니요, 비단 관복이나 학을 수놓은 흉배, 서대나 어과(물고기 모양을 나무에 새기거나 구리로 빚어 허리디에 차던 관리의 신표)처럼 벗어 버릴 수 있는 것도 아니다. 양쪽 끝에 원앙을 수놓은 베개나 술이 달린 비단 장막처럼 남에게 팔 수 있는 것도 아니며, 때나 먼지처럼 물로 씻어낼 수 있는 것도 아니다. 생선 가시가 목에 걸렸을 때 물까마귀 깃으로 토해내게 할 수 있는 그런 것도 아니며, 부스럼이나 마른 딱지처럼 손톱으로 떼어 낼 수 있는 것도 아니다.

그것이 네 이름이기는 하지만 너의 몸에 속한 것이 아니라 남의 입에 달려 있는 것이다. 남이 부르기에 따라 좋게도 나쁘게도 되고 영광스럽게도 치욕스럽게도 되며 귀하게도 천하게도 되니, 그로 인해 기뿜과 증오의 감정이 멋대로 생겨난다. 그 때문에 유혹을 받기도, 기뻐하기도, 두려워하기도 하고 더 나아가 공포에 떨기까지 한다. 이빨과 입술은 네 몸에 붙어 있는 것이지만 씹고 뱉는 것은 남에게 달려 있는 셈이니, 네 몸에 언제쯤 네 이름이 돌아올 수 있을는지 모르겠다.

저 바람 소리에 비유해 보자. 바람은 본시 실체가 없는 것인데 나무에 부딪침으로써 소리를 내게 되고 나무를 흔들어대기도 한다. 너는 일어나 나무를 살펴보아라. 나무가 가만히 있을 때 바람이 어디에 있더냐? 너의 몸에는 본시 이름이 없었으나 몸이 생겨남에 따라 이름이 생겨서 네 몸을 친친 감았다. 그것이 너를 겁박하고 억류하는 걸 알지 못할 뿐이다.

또 저 울리는 종에 비유해 보자. 북채를 멈춰도 그 소리는 울려 퍼진다. 그것처럼 사람의 몸이 백 번 죽어도 이름은 그대로 남아 있으며, 실체가 없으니 변하거나 없어지지도 않는다. 매미의 허물이나 귤의 껍질도 마찬가지다. 만약 매미 허물에서 매미소리를 들으려 한다거나 귤껍질에서 귤 향기를 맡으려 한다면 이는 껍질이나 허물이 텅 비어 있는 것을 알지 못하기 때문이다.

네가 처음 태어나 강보에 싸여 응애응애 울 때에는 애초 이름이 없었다. 부모가 아끼고 기뻐하여 좋은 징조의 글자를 골라 이름을 지어 주고, 다시 더럽고 욕된 이름을 지어 주었으니(유아 사망률이 높던 당시에 귀신이 데려가지 말라고 일부러 '개똥이'와 같은 천한 이름을 지어 불렀던 풍습을 말

눈물은 배우는 게 아니다

함), 이 모든 게 다 네가 잘 되기를 소망해서이다. 너는 이때만 해도 부모에 딸린 몸이어서 네 마음대로 할 수가 없었다. 성장하고 나서야 네 몸이라는 것을 가지게 되었고 '나'의 위치나 지위를 확실히 세워 출세하고 나서는 '그'가 없을 수 없으니, '그'가 '나'에게 와서 짝이 되어 몸이 홀연 한 쌍이 되었다. 한 쌍의 몸이 잘 만나서 자녀를 두니 둘씩 짝을 이루는 것이 마치 『주역』의 팔괘와 같다.

그리하여 몸이 이미 여럿이다 보니 거추장스럽게 되어 무거워 다닐 수가 없게 된다. 비록 명산이 있어 좋은 물에서 놀고 싶어도 이것 때문에 즐거움이 그치고 슬퍼하고 근심하게 되며, 사이좋은 친구들이 술상을 차려 부르면서 이 좋은 날을 즐기자고 말을 해도 부채를 들고 문을 나서다 도로 다시 방으로 들어온다. 이 몸에 딸린 것들을 생각하여 차마 떠나지 못하는 것이다.

네 몸이 얽매이고 구속 받는 까닭은 몸이 여럿이기 때문이다. 이는 네 이름이나 마찬가지로써, 어려서는 아명이 있고 자라서는 관명이 있으며, 덕을 나타내기 위해 자를 짓고 사는 곳에 호를 짓는다. 어진 덕이 있으면 선생이란 호칭을 덧붙인다. 살아서는 높은 관작으로 부르고 죽어서는 아름다운 시호로 부른다. 이름이 이미 여럿이라 이처럼 무거우니 네 몸이 장차 그 이름을 감당해 낼지 모르겠다.

"이는 『대각무경』에 나온 이야기일세. 열경은 은자로서 이름이 아주 많아 다섯 살 적부터 호가 있었지. 때문에 대사가 이로써 경계한 것이네. 갓난아기는 이름이 없으므로 영아라 부르고 시집가지 않은 여자를 처자라고 하지. 따라서 '영처'라는 호는 대개 은사가 이름을 두고 싶지 않을 때 쓴다네. 그런데 지금 갑자기 '선귤'로써 자기 호를 삼았으니 자네는 앞으로 그 이름을 감당하지 못할 걸 아마. 영아는 지극히 약한 거고 처자란 지극히 부드러운 건데 호가 바로 '영처'라, 사람들이 자네의 유약함을 보고는 여전히 이 호로써 부를 판에 이제는 매미 소리가 들리고 귤 향기까지 나는 '선귤'이라, 아마도 자네 집은 시장바닥처럼 사람들로 들끓게 될 거야."

영처자가 시무룩하여 되물었다.

"대사가 한 말과 같이, 매미가 허물을 벗어 그 허물이 말라붙고 귤이 시들어서 그 껍질이 텅 비어 버렸는데 어디에 소리와 빛과 향기와 맛이 있겠소? 이미 좋아할 만한 소리와 빛과 향기와 맛이 없는데 사람들이 앞으로 나를 껍질이나 허물과 같은 외계의 사물에서 찾겠소?"

—「선귤당기」

눈물은 배우는 게 아니다

뭉글도의 비법

사함(어떤 책에는 '사함'이 창애 유한준(1732~1811)이라고 되어있으나 착오다.
연암이 창애에게 보낸 편지를 살펴보면, 이 글에서와 같은 '하게'를 쓰지 않고 '노형'
이라 호칭하며, 또한 그의 이름 끝자 '雋'은 〈준〉이 아닌 〈전〉이기도 하며, 그의 호는
'사함士涵'이 아닌 '저암著菴'이란 걸 알 수 있다)이 스스로 호를 '죽원옹'이라
고 지었다. 그래서 거처하는 집에 사철 내내 푸른 대나무처럼 절조를
변치 않는다는 뜻의 '불이不移'라는 편액을 걸고는 나에게 글을 써 달
라고 청해 왔다. 그러나 암만 그 마루에 올라 보고 뜰을 거닐어 보아
도 단 한 그루의 대나무도 만나지 못했다. 내가 돌아보고 웃었다.

"이야말로 무하유지향(세상 어디에도 존재하지 않는 마을) 오유선생(허깨
비선생)의 집 아닌가? 이름이란 실질의 손님이니 이 집에 날더러 장차
손님이 되어달라는 말인가?"(『장자』에서 요堯 임금이 은자 '허유'에게 천하를
넘겨주려고 하자 허유가 이를 거절하면서 한 말이다)

사함이 몹시도 실망스러운지 한참을 망설이다가 중얼거렸다.

"그저 어떻게 살아야 한다는 뜻을 붙인 것뿐일세."

'보이지 않는 대나무처럼 살겠다고?'

대나무는 어디에도 없는데 대나무처럼 살겠다고 당호를 '죽원옹'이라 짓다니, 웃음이 나왔지만 진지하게 말했다.

"실망 말게. 내 자네를 위해 대나무가 있도록 만들어줄 테니……."

그러고는 스승의 이야기를 끄집어냈다.

"지난날 학사 이공보(연암의 처삼촌이자 스승인 이양천)께서 관직에 있지 않고 한가히 지낼 때였네(이양천이 관직에 있지 않았던 1753년에서 1754년 사이일 것이다). 그는 매화 시를 한 편 지었는데, 마침 심동현(화가 심사정, 1707~1769, 동현은 그의 자)의 두루마리 '묵매도'를 얻었기에 그 시를 가지고 화제를 붙이셨지. 그러고서 짐짓 웃으면서 하신 말씀."

'너무하구나, 심씨의 그림이여! 가히 실물을 빼닮았을 뿐이구나!'

"그 말씀이 하도 이상하여 고개를 갸우뚱하며 여쭈었지."

'그림이 실물을 빼닮았다면 훌륭한 솜씨인데 어째서 웃으십니까?'

"그러자 학사께서 찬찬히 설명하시더군."

그럴 일이 있지. 내가 전에 이원령(화가 이인상, 1710~1760, 원령은 그의 자)과 교유할 적에 비단 한 벌을 보내어 제갈공명 사당 앞의 측백나무를 그려 달라고 청했었지. 원령이 한참 뒤에 전서체로 설부(진나라 사혜련397~433이 지은 시 제목)를 써서 보내주더군. 나는 전서를 얻고는 우선 기뻐하며 더욱 그 그림을 재촉하였지. 그랬더니 원령이 답장을 보내왔네.

'그대는 아직 모르겠는가? 전에 이미 그려 보냈는데.'

나는 깜짝 놀라서 다시 답장을 썼네.

'보내온 것은 전서로 쓴 설부뿐이었네. 측백나무는 어디 갔나?'

그러자 다시 답장이 오더군.

'측백나무는 바로 거기에 들었다네. 바람서리가 매섭게 몰아치면 변치 않을 것이 어디 있겠나. 그대가 측백나무를 보고 싶거든 그 눈 속에서 찾아보게나.'

나는 마침내 헛웃음 치며 마지막 회신을 보냈지.

'그림을 그려 달랬더니 전서를 써 주고선 왜 그러나? 눈을 보고서 변치 않는 것을 생각하라고 하다니, 측백나무와는 거리가 너무도 머네그려. 그대가 도를 행하는 방법이 사람살이와 너무 동떨어진 것 같으이.'

그러고 얼마 후 내가 임금에게 비분강개한 상소를 올린 탓에 기움을 사서 흑산도로 귀양을 가게 되었었지(실록에 의하면 1752년 10월 홍문관 교리 이양천은 소론의 영수인 이종성을 영의정으로 임명한 조치에 항의하는 상소를 올렸다가 왕의 분노를 사서 흑산도에 귀양 가는 처벌을 받았다. 그 이듬해 6월에 풀려났으나 1755년에야 관직에 복귀했다가 이내 사망했다). 그때 칠백 리 귀양길을 꼬박 하루밤낮 잠 한숨 못 자고 달렸는데, 소문은 말을 탄 금부도사가 사약을 가지고 뒤쫓아 온다는 거였지. 그래서 함께 가던 노비들도 울고불고 난리가 났는데, 그때 별안간 날씨가 매서워지더니 눈발이 퍼붓고……. 갈 길도 아득한 판에, 금부도사는 금방이라도 들이닥칠 것만 같지, 천지가 막막해지더군. 낙엽 진 나무들과 무너진 산비탈이 들쭉날쭉 앞을 가리는 저편엔 바다가 하염없이 펼쳐져 있는데, 문득 눈보라 사이로 바위 하나가 보였어. 늙은 나무가 그 바위에 거꾸러진 채 가지를 아래로 드리웠는데, 마른 대나무 같기도 하고 아닌 것 같기도 하고……. 나는 말을 세우고 도롱이를 걸치다 말고 손가락으로 가리켰네. 그 기이함에 찬탄하면서 말이지.

'아하, 저것이야말로 원령이 전서로 쓴 그 나무 아니겠는가!'

섬에 위리안치 되고 나니 자욱한 안개는 음침하기 짝이 없고 독사와 지네 따위가 베개나 자리에 우글거려서 어느 순간에 덤벼들지 불안했다네. 그리고 큰 바람이 바다를 뒤흔들며 벼락 치던 어느 날 밤, 노비들은 모두 혼쭐이 나서 토하고 어지러워하고 있는 판에, 나는 노래를 지었지.

> 남쪽 바다 산호가 꺾어진들 어떠하리.
> 오늘 밤 옥루*가 추울까 그것만 걱정이네

* 옥루는 상제가 산다는 곳으로써, 여기서는 궁궐을 상징적으로 표현하였다. 자신의 비참한 운명에는 개의치 않고 오직 임금께서 평안하신지 염려

이 노래를 원령에게 보냈더니 당장 답장을 주더군.

'근자에 산호곡을 얻어 보니, 말이 부드러우면서도 슬픔이 지나치지 않고 원망이나 후회감은 조금도 없구려. 그만하면 환난에 잘 대처할 수 있지 싶으이. 지난날에 그대가 측백나무를 그려 달라고 한 적이 있었는데, 그대 역시 그림을 잘 그린다고 할 수 있겠소. 그대가 떠난 후에 측백나무를 그린 그림 수십 본이 한양에 남아 있는데, 예조 도화서에 소속된 화원들이 모두 몽당붓으로 서로 돌려가며 베껴 그린 것이라오. 그러나 그 굳센 줄기와 꼿꼿한 기상이 늠름하여 범접할 수 없고, 가지와 잎은 어찌 그리 촘촘하고 무성하던지!'

그 편지를 읽고서 나도 모르게 웃음을 터뜨렸지.

'하하핫! 원령이야말로 몰골도의 대가였어.' (몰골도의 기법은 붓으로 윤곽을 그리고 나서 채색하는 구륵법과는 달리, 윤곽을 생략한 채 채색으로만 나타내는 기법의 그림으로, 주로 화조에서 많이 쓰인다. 화가는 흰 종이 자체를 눈 덮인 측백나무로 삼았으며, 설부라는 시는 화제로 삼았다. 예컨대, 동양화에서는 눈 덮인 산, 안개, 구름, 물 등을 채색을 전혀 하지 않음으로써 그 색깔을 나타내는데, 몰골법의 일종이다)

이로 미루어보면 좋은 그림이란 실물을 빼닮은 데 있는 건 아니야.

"얼마 있다가 학사께서 세상을 떠났기에 나는 그 분의 시문을 편집하게 되었는데, 유배지에 계실 때에 당신 형님에게 보낸 편지를 발견했네."

'근자에 아무개의 편지를 받아 보니, 그가 나를 위하여 당국자에게 귀양 풀어 주기를 청하고자 한답디다. 어찌 나를 이다지도 비굴하게 만드는지요? 비록 바다 한가운데에 갇혀서 병들어 죽을지언정 그런 노릇은 싫습니다.'

"나는 그 편지를 쥐고 탄식하였지. '이 학사야말로 눈 속에 서 있는 측백나무구나. 아아, 곤궁해진 뒤라야 드러나는 선비의 지조여! 재난을 염려하면서도 그 지조를 변치 않고, 고고하고 굳건히 서서 그 뜻을 굽히지 않으시다니, 이 어찌 추운 계절이 되어야 볼 수 있는 성품이 아니겠는가.'라면서 말일세."

나는 대나무 없는 뜰을 다시 한 번 둘러보며 혼잣말을 하였다.
'그런데 지금 우리 사함은 대나무를 사랑하는 성품이라? 아아, 그대는 참으로 대나무를 아는 사람인가?'
그리고 사함에게 물었다.

"나중에 추워지고 나서 자네 집 마루에 오르고 자네 집 뜰을 거닌다면, 그땐 혹 눈 속에서 대나무를 볼 수 있겠는가?"

— 「불이당기」

늘그막에 누리는 즐거움

예전에 돌아가신 대부 김공 술부(1716~1768, 김선행의 자이다)씨가 생각난다. 우리는 눈 내리던 어느 날에 화로를 마주하여 고기를 구우며 난로회를 했는데, 속칭 '철립위'다. 온 방안이 연기로 후끈하고, 파·마늘 냄새와 고기 누린내가 몸에 배었다. 김공이 문득 몸을 일으키더니 나를 이끌고 북쪽 창가로 자리를 옮겼다. 그리고 연해연방 부채질을 해대면서 말했다.

"이렇게 맑고 시원한 곳이 있었네그려. '신선이 사는 곳과 그다지 멀지 않다' 할 만하구먼."

얼마 뒤에 내다보니 여러 하인들이 심부름을 하느라 처마 아래 섰다가 너무 추워 발을 동동 굴리고 있었다. 공의 자제들은 소란을 피우다가 국물을 쏟아 손을 데는 등 왁자지껄 장난치는 소리가 그칠 줄을 몰랐다. 공이 껄껄 웃으며 한마디 했다.

"일찌감치 뜨거운 데서 물러나니 당장에 재미를 보네만, 눈 속에서 발을 구르는 자들이 국물 한 방울 얻어먹지 못하게 되어 안됐구먼."

나 또한 젊은이들이 국을 쏟아 손을 덴 사실을 들어 공에게 넌지시 충고하고, 내킨 김에 옛사람과 지금 사람들의 진퇴와 영욕에 대해서 역설하였다. 그랬더니 공이 정색하고 되묻는 거였다.

"부귀를 누릴 만큼 누린 뒤에야 만족할 줄을 알고, 늘그막에 이르러서야 휴식을 생각한다면 이미 때가 늦은 거라네. 도대체 늙고 나서야 무슨 즐거움을 느끼겠는가?"

김공이 정치에서 진작 손을 뗐다고는 볼 수 없다. 그래도 이런 말로 미루어보면 나름대로 속으로 느낀 바가 있어서란 걸 알 수 있었다.

내가 서쪽 개성에 와서 노닐면서 양씨의 자제인 정맹과 몹시 친해졌는데, 덕분에 그 아버지의 금학동 별장에서 놀곤 하였다. 그 집은 꽃과 나무가 가지런히 늘어서고 집과 뜰도 깨끗이 다듬어져 있었는데, 늘그막에 쉰다는 뜻의 '만휴'라고 일컬어졌다. 양노인은 너그럽고 도량이 커서 옛 어른의 기풍이 우러났다. 날마다 한동네 노인들과 어울려 활쏘기와 장기 두기로 소일했으며, 거문고와 술로써 스스로 즐겼다. 대체적으로 명성과 권세와 이익 추구하기를 일찌감치 그친 터라 늘그막에 오랜 즐거움을 누린 셈이었다. 따지면 이것이야말로 늘그막에 쉬는 즐거움이 아니겠는가.

전에 양정맹이 나에게 기를 지어 달라고 청했었다.

아, 김공도 일찍이 이 고을의 사또로 있었으며, 김공이 떠난 뒤에도 백성들이 공을 그리워하였다. 그래서 화로에 둘러앉아 고기 구워 먹던 옛일을 이야기하여 양노인의 '늘그막에 쉬는 즐거움'을 치하한다. 아울러 이를 글로 적음으로써 시끄럽게 굴다가 손을 데는 세상 사람들에게 경고하는 바이다.

— 「만휴당기」

내원통의 도인들

옛날 승려라 하면 대부분 총명하고 영특하고 출중한 인물들이었다. 계율을 잘 지키며 닦아온 행위가 임금 눈에 딱 한 번 띄게 되는 날에는 그 인물이 더욱 빛을 발했다. 임금이 불전에 마음을 두어 그에게 호를 내리는 등 빈객으로 대우하여 스승으로까지 맞아들이게 되면, 사대부들도 덩달아 그와 함께 어울리기를 즐겨하였다. 그래서 그들이 고행을 하며 숨어 지내는 등 조용히 있는 형국인데도 도리어 부귀와 영화가 뒤따른다. 이것이 본디 불문의 본분은 아니지만 불교를 권장할 수 있는 계기가 되었다. 따라서 그들의 언어와 문장 또한 찬란하게 되어 볼만하였다.

국조 이래로 유교를 전적으로 숭상하였으므로 사대부들의 이단 배척하기가 매우 엄격했다. 그래서 세상에는 독자적으로 행동하고 스스로 체득하는 선비가 드물어졌을 뿐만 아니라 이른바 이단의 학설마

저 볼 수 없게 되었다. 황폐된 사찰이어도 살고 있는 승려들이 여전히 끊이지는 않지만, 대부분 궁핍한 백성과 굶주린 종들로써, 군역을 도피하여 머리 깎고 검은 장삼을 입은 자들이다. 이름만 승려인 것이다. 모두가 어리석고 무지하여 눈으로는 글자 하나 못 읽는 형편이어서, 일부러 불교금지조치를 하지 않아도 그 도가 거의 사라질 지경이다.

나는 늘 명산 유람하기를 좋아하여 우리나라에서 이름난 산 태반을 둘러보았다고 자부하였다. 그리고 일찍부터 특이한 중을 만나 방외의 교유(세속의 예법에서 벗어나 승려나 도인, 은자들과 사귀는 것)를 해보고자 한 계획을 실천에 옮기기도 하였다. 그러나 산에 올라 들어갈 적마다 그들을 만나지 못해 쓸쓸히 배회하지 않은 적이 없었다.

나는 일찍이 친구인 신원발·신광온·유언호와 어울려 백화암에서 함께 잔 적이 있었다. 그때 '준'이라는 중이 깊은 밤에 홀로 앉아 있었는데, 불등은 밝게 빛나고 선탑은 깔끔하게 정리되어 있었으며 책상 위에는 『반야심경』과 『법화경』 등 여러 불경이 놓여 있었다. 그래서 준에게 물었다.

"네가 불경을 좀 아느냐?"

"모릅니다."

또 물었다.

"네가 시의 율격을 알고 지을 줄 아느냐?"

눈물은 배우는 게 아니다

"못합니다."

못하는 게 미안한지 사과하는 투였다. 그래서 또 물었다.

"이 산중에 더불어 교유할 만한 특이한 중이 있느냐?"

"없습니다."

그 이튿날 진주담 아래에 일행들과 앉아 그 이야기를 화제 삼았다.

"준은 눈썹과 눈이 깨끗하고 빼어났습니다. 만약 문자를 조금만 알았다면 시를 꼭 잘 짓지는 못하더라도 시를 적은 두루마리에 서명할 정도는 될 것이요, 담론이 반드시 심오하지는 못하더라도 회포를 풀기에는 충분할 텐데. 우리들의 풍류를 넉넉히 돋우어 줄만 한데……."

우리는 서로 돌아보고 아쉬워하며 일어섰다.

그랬는데 이번에 풍악대사 보인(1701~1769)의 시문을 읽다말고 나는 갑자기 탄식하였다.

"내가 지난번에 특이한 중을 만나 방외의 교유를 해보자면서도 그를 놓쳤구나!"

그는 대체로 '내원통'에서 수행을 하였는데, 그 시기가 바로 내가 관동지방을 유람하던 때였다. 그의 문집을 보았더니 준과 더불어 주고받은 시들이 있었다. 그렇다면 준은 확실히 그의 벗이었던 고양이다. 그런데 왜 보인이라는 특이한 중이 있다는 대답을 않았단 말인가? 준이 아마도 나를 속인 것이리라. 그래서 나는 깨달았다. 보인이 본디 고승이었으나 준이 그를 위하여 말해 주지 않은 것임을 알게 된 것이다. 이로 미루어 짐작하면, 준 또한 시에도 능하고 불경의 담론에도 능한 자로써, 역시 고승이었다. 함께 놀았던 '준'조차 못 알아 본 지경이니, 직접 만나지 못한 '인'공에 있어서야 말할 나위없다. 불교를 권장할 수 없는 환경에서도 그 도를 믿고 스스로 수행한 이가 이와 같다. 그렇다면 보인의 경우처럼 내가 직접 보지 못한 도인이 얼마나 많겠는가.

나는 산에 있어서도 아직 못가 본 곳이 있는데, 북으로는 장백산, 남으로는 지리산, 서로는 구월산이다. 내 장차 두루 유람하여 혹시 그런 이를 한번 만나게 된다면 준공에게서 그랬던 것처럼 업신여김을 당하지 않기를 바랄 뿐이다. 그래서 우선 이 시집에다 서문을 지어 놓는 바이다.

—「풍악당집서」

이 쪽배 타고
떠나시면

무지개

봉상촌에서 하룻밤 묵고 새벽에 강화로 들어가는데 5리쯤 가서야 동이 트기 시작하였다. 애초 한 점 구름 한 올 아지랑이도 없던 하늘에, 해가 한 자쯤 떠오르자 불현듯 검은 구름 하나가 일어났다. 그놈이 처음엔 까마귀 머리만큼만 해를 가리는 성싶었는데 어느새 절반을 가려버려 어두침침해졌다. 그러자 해는 한스러운 듯 근심스러운 듯 얼굴을 찡그리다가 마침내 혜성 같은 빛줄기를 뿜어냈다. 성질 난 폭포수처럼 하늘가로 내리쏘았다.

바다 건너 여러 산에서 작은 구름들이 앞 다투어 일어나 뭉게뭉게 독을 품어 물고는 저 멀리서부터 끼리끼리 어울렸다. 해 아래 어딘가에서 순간순간 번쩍여대던 번개가 우르르 꽝꽝 벼락 치며 위용을 떨치는데, 사방팔방을 온통 먹빛으로 뒤덮은 채 바느질 땀수만한 틈도 하나 내지 않던 구름은, 번개가 번쩍! 지나고서야 비로소 겹겹이 주름

눈물은 배우는 게 아니다

지며 수천 꽃가지 수만 꽃잎을 이루었다. 마치 옷 가장자리에 선을 덧 댄 것 같고, 꽃잎 가장자리에 무늬가 번진 것 같고, 그러면서도 엷고 짙음이 제각각이다. 천둥소리가 고막을 찢을 기세이기에 행여 흑룡이 라도 뛰쳐나올까 싶었으나, 비는 그다지 사납게 퍼붓지는 않았다. 저 멀리 연안과 배천 사이엔 빗발이 마치 명주 필을 드리운 것 같았다.

　말을 재촉하여 십 리를 가니 해는 구름을 뚫고 나와 차츰차츰 밝아 지며 고와졌고, 아까 그 먹구름은 어느새 잔칫집 색깔의 구름으로 변 하여 오색영롱하였다. 말 머리 위로 웬 기운이 한 길 넘도록 뻗친 게 마치 누르스름한 기름처럼 엉기었더니, 불현듯 붉은색 푸른색으로 변 하면서 하늘 높이 치솟았다. 문 삼아 드나들 수도, 다리 삼아 건너다닐 수도, 말 머리에 있어서 손으로 만질 수도 있겠다 싶었는데, 그런데 그 것은 내가 나아갈수록 멀어져 갔고, 이윽고 문수산성에 당도하였다. 산기슭 돌아나가서 강화부 바깥 성을 바라보니, 강을 누빈 백 리 연안 에 하얀 성첩이 햇살에 반짝이고 무지개 발치는 그대로 강 가운데에 꽂혀 있다.

바둑돌만한 구름

아침 일찍 영평부를 떠날 때는 새벽바람이 선선하였다.

성 밖 강가에 장이 섰는데, 온갖 물건이 그득그득하고 수레와 말들
도 혼잡을 이루었다. 장마당에 들어가 능금 두 개를 사면서 보니 옆에
대바구니를 둘러멘 자가 있었다. 바구니를 열어 수정으로 된 합 다섯
을 내놓는데, 합마다 뱀 한 마리씩 들었다. 뱀은 모두 합 속에서 똬리
를 튼 채 머리만 내밀고, 마치 솥뚜껑에 붙은 꼭지처럼 한복판에 솟아
올라 두 눈을 빛내고 있다. 검은 색깔 한 놈, 흰 색깔 한 놈, 초록색깔
두 놈, 빨간 색깔 한 놈이다. 모두가 합 밖에서 환히 들여다보이긴 하
는데 죽었는지 살았는지는 분간키 어렵다. 뱀 주인에게 물어보았으나
대답을 하는 둥 마는 둥이다. 여하튼 고질 부스럼에 저놈들이 특효약
이라 한다.

다람쥐, 토끼, 곰 등을 데리고 재주를 피우는 자들도 있는데, 모두
들 비렁뱅이들이다.

눈물은 배우는 게 아니다

곰은 크기가 개만한데 칼춤도 추고 창춤도 추며, 사람마냥 서서 다니다가 절도 하고 꿇어앉기도 하는가 하면, 머리를 조아리기도 한다. 사람이 시키는 대로 온갖 시늉을 다 보여주지만, 꼴은 몹시 흉측하고 민첩함도 원숭이만 못하다. 토끼와 다람쥐는 아주 재롱스럽고 사람의 말귀도 제법 알아차린다. 그러나 갈 길이 바빠서 자세히 구경하지는 못하였다.

도사 둘과 동자 하나가 장터에서 비럭질하며 다니는데 운관(도사가 쓰는 모자의 일종)을 쓰고 하대(도사 띠의 일종)를 두른 차림에 눈매가 맑다. 손으로 영저(중이 가지는 악기의 일종)를 흔들며 입으론 주문을 왼다. 하는 짓이 워낙 괴상하고 특이하여 사람인지 귀신인지 헷갈려하고 있는데, 여자 셋 외출 차림새로 말을 타고 달린다.

이제 묘를 떠나 야계타 몇 리 밖에 이르렀을 무렵이다.

날은 찌는 듯하고 바람 한 점이 없었다. 노참봉·정진사·주명신·변계함 등 여럿이 앞서거니 뒤서거니 하며 떠들고 가는데, 별안간 손등에 찬물 한 종지가 떨어졌다. 등골이 오싹하여 사방을 두리번거렸다. 도대체 누가 물을 끼얹은 건지 알 수 없었다.

그러다 또다시 주먹만큼 한 물방울이 떨어졌다.

창대의 모자챙에서 퉁, 소리가 나더니 노참봉의 갓에서도 뭐 떨어지는 소리가 났다. 그제야 모두들 머리를 들어 하늘을 쳐다보았다. 바둑돌만한 구름장이 해에게 다가가고 어디서 맷돌 가는 소리도 들리더니, 지평선 너머 여러 곳에서는 자그마한 구름들이 삽시간에 일어나고 있었다. 마치 까마귀 대가리 같은 것들이 빛깔도 유난히 독해 보인다. 해에게 다가가던 구름장이 어느 결에 해 둘레의 반쯤을 가리자, 한 줄기 흰 번갯불이 버드나무 위에 번쩍하였다. 해는 드디어 완전히 가려졌다. 천둥치는 소리가 바둑돌을 밀어치는 듯 명주를 찢어대는 듯 요란법석이다. 어둠침침하던 수많은 버들잎들도 잎마다 번갯불을 일으키며 번쩍거리는 게 무시무시하기 이를 데 없다.

너나할 것 없이 하나같이 채찍을 날려 말을 달렸다. 등 뒤로 수많은 수레가 다투어 달려드는 것 같고, 산은 미친 듯 땅은 뒤집히는 듯하며, 나무들은 마구 성내어 울부짖는다. 하인들은 서둘러 우장을 꺼내려 하지만 손발이 떨려 쉽사리 끈을 풀지 못한다. 비바람 천둥번개가 한꺼번에 휘몰아치니 한치 앞도 분간키 어려운 지경이다. 말들도 모두 사시나무 떨듯 하고 사람들도 모두 숨이 가빠져서는 하는 수 없이 말 머리를 서로 마주보고 둥그렇게 모여섰다. 하인들 모두가 얼굴을 말 갈기 밑에 파묻었다.

이따금 비치는 번갯불에 노 참봉이 보였다. 새파랗게 질린 얼굴에 두 눈을 질끈 감은 양이 금방이라도 숨이 넘어갈 것만 같다. 좀 이따

비바람이 약간 수그러들었기에 서로들을 멀뚱히 바라보는데, 안색이 모두 흙빛이다.

비로소 양편에 있는 집들도 보였다. 겨우 사오십 발짝 떨어진 곳으로, 비가 한참 퍼부을 때는 미처 생각지도 못한 피신처였다.

누군가가 중얼거렸다.

"조금만 더했더라면 죄 숨이 막혀 죽었을 거야."

—『열하일기』 중에서

다만 한 가지가 없소

앞 시냇물이 불어서 건널 수 없으므로 떠나지 못했다.

정사가 내원과 주 주부를 시켜 앞 시내에 나가서 물을 보고 오라 한다. 나도 따라 나섰다. 몇 리를 가지 않아서 큰물이 앞을 가로막아 끝이 보이지 않는다. 헤엄 잘 치는 사람을 시켜서 물속에 들어가 그 깊이를 재게 했더니, 열 걸음을 채 못 가 어깨가 잠겨버린다. 돌아와서 불어난 강물의 상황을 보고했다. 정사가 근심스런 표정으로 역관과 각방 비장들을 불러 모았다.

"물을 건널 묘책이 있으면 한 가지씩 말해보시오."

부사와 서장관도 참석하였는데, 부사가 말했다.

"문짝과 수레 밑바닥을 대량 빌려다가 뗏목을 만들어 건너면 어떻겠소?"

주 주부가 맞장구 쳤다.

"거 참 좋은 계책이올시다."

수역관이 나선다.

"문짝이나 수레를 그렇게 많이 얻기가 어려울 것이외다. 마침 이 근처에 집 지으려고 둔 재목이 십여 칸 분량이 있으니 그걸 빌릴 수는 있지 싶습니다만, 다만 얽어맬 칡덩굴을 얻기 어려울 듯합니다."

여러 가지 의견이 분분하였다. 그래서 내가 나섰다.

"뗏목을 맬 것까지야 있소. 내게 배 한두 척이 있는데, 노도 있고 상앗대도 갖추었으나 딱 한 가지가 없소."

주 주부가 묻는다.

"없는 게 무엇이오?"

"배를 잘 저어갈 사공이 없소."

그러자 모두들 웃음보를 터뜨렸다.

하루해가 일 년같이 지루하다.

저녁때가 될수록 더위가 기승을 부리는데다 잠까지 쏟아지는 거였다. 그런 차에 옆방에서는 투전판이 무르익어 떠들고 야단들이다. 나도 달려가서 그 판에 끼었다. 연거푸 다섯 번을 이겨 백여 닢을 땄으므로, 그 돈으로 술을 실컷 마셨다. 가히 어제의 수치를 씻어낼 수 있겠다.

내가 말했다.

"이 정도면 항복이지?"

주 주부와 변 주부가 대꾸하였다.

"그야 요행수로 이긴 거 아니겠어요?"

모두들 한바탕 크게 웃었다. 변군과 내원은 직성이 풀리지 않았음인지 다시 한판 더 하자고 졸라댔다. 나는 몸을 일으키면서 점잖게 타일렀다.

"뜻을 얻은 곳에는 두 번 가지 않는 법. 만족을 알면 위태롭지 않으니라."

—『열하일기』 중에서

황금을 조심하라

조양문을 나서서 못을 따라 남쪽으로 가면 두어 길 되는 허물어진 둔덕이 있다. 여기가 곧 옛날의 황금대로써, 이곳에서 다음과 같은 말이 전해내려 온다.

"연나라 소왕이 여기에다 궁전을 지었는데, 그는 축대 위에 천금을 쌓아놓고는 천하의 어진 선비들을 불러 모았다. 당시의 강대국 제나라의 원수를 갚고자 함이었다."

옛 일을 기억하는 인사들이 이 둔덕에 이르면 감개무량한 마음이 엄습하여 좀처럼 발길을 못 돌린다. 아아, 슬프다. 축대 위의 황금은 없어졌고, 나라에서 추앙할 뛰어난 선비는 오지 않는구나. 세상엔 원수진 일도 없으면서 원수를 갚으려는 자가 그칠 새 없다. 그러니 축대 위에 놓였던 황금도 온 천하에 깔렸을 것이다. 여기서 나는 원수를 갚는 식의 역사적 사건 가운데 가장 큼직한 것을 끄집어내어 본다. 천하에 황금을 가장 많이 쌓아 놓은 자에게 외쳐 고하기 위해서다.

진나라 때에 황금을 제후의 장수들에게 먹여서 자기 고향 제나라를 멸망시킨 사람으로는 시황(BC. 259~210) 때 명장 몽염(BC. ?~210)이 가장 유력하다. 시황제에게 유학자들의 사상을 통일시키기 위해서라며 전적을 태우도록 하였으며, 학자 410명을 생매장하도록 건의한 지략가 이사(BC. ?~208)는 제후를 위하여 몽염에게 복수하였으니, 천하에 복수자는 이사에 이르러 좀 멈칫하였다. 그러나 얼마 뒤 환관으로써 사슴을 말이라고 우긴 일화가 있는 환관 조고(BC. ?~209). 그는 시황제를 따라 여행하던 중 시황제가 죽자, 승상 이사와 짜고 조서를 거짓으로 꾸며 시황제의 맏아들 부소와 장군 몽염을 자결하게 하였다. 다음 시제의 우둔한 막내아들 호해를 2세 황제로 삼아 맘대로 조종하였다. 이어서 진나라 공자·공녀 24명을 죽였고, 2세 황제에게 참소하여 이사를 처형시켰으니 조고는 이사를 능가한 지략가로써, 각지에 반란이 일어난 와중에서 승상이 되어 모든 권력을 한 손에 넣었다. 천하 군웅이 쳐들어와 형세가 위태롭게 되자, BC. 209년에 2세 호해황제마저 모살하고 부소의 맏아들 자영(BC. ?~206)을 옹립하여 진왕이라 칭하게 하였으나, 곧 자영에게 죽임을 당하였고, 그의 3족도 함께 죽임을 당하였다. 자영도 겨우 재위 46일 만에 유방(BC. 247~195)에게 항복함으로써 진나라는 3대 15년 만에 멸망하였고, 뒤이어 쳐들어온 항우(BC. 232~202)에게 자영이 잡혀 죽었다. 항우와 합세하여 진나라를 멸망시킴으로써 한나라 고조가 된 유방 또한 항우를 죽이게 되는데, 항우는 진나라 멸망 뒤 BC. 206~202년까지 자칭 서초나라의 패왕이 되었으나 한나라와 싸움이 붙었다. 그런데 처음에는 우세하였으나 도량과 재력이 부족한 탓에 인재를 얻지 못하였고 '해하'에서 유방에게 크게 패하자 '오강'에서 자살하였다. 유방이 항우와 항우의 모사 '범증'을 이간시키기 위하여 '진평'의 계교를 써서 황금 사만 냥을 풀었고, 그래서 항우가 죽은 것이었다.

재물 낭비자로써는 둘째가라면 서러워할 석숭(249~300)이 있다. 서진의 시인이지만, 시인이라기보다 대부호였던 석숭은 촛불로 밥을 짓는다든가 50리나 되는 비단장막을 만드는 등 낭비벽이 대단하였는데, 그 많은 재물이 생긴 데가 따로 있을 것임에도 불구하고 아주 타고난 재물인 듯이 욕질을 해댔다.

"이놈이 내 재물을 탐내는가?"

이 얼마나 어리석은 소리인가.

원수지고 원수 갚고 하면서 황금이 돌고 돌았을 테니 천 년이 지난 오늘날에도 그 금덩이가 어디에고 그대로 있을 것이지만, 누가 그런 줄을 알겠는가.

원위元魏 '이주조의 난리' 때 성양왕 '휘'는 황금 백 근을 가지고 있었다. 휘는 낙양령 구조인에게 황금을 맡기고 몸을 의탁하였다. 구조인의 일문인 세 명의 자사刺史를 모두 자기가 발탁해주었기 때문에 철

석같이 믿었던 것이다. 그러나 구조인은 자기 집안사람들에게 이렇게 말하였다.

"오늘날 우리 집안의 부귀는 지극하다 하겠지마는 저 휘 때문에 걱정이야."

그리고 기어이 이주조가 잡으러 온다는 거짓정보를 휘에게 흘려 다른 곳으로 도망치게 하였다. 그러고서는 도망치는 휘를 길에서 죽여 버렸고, 그 머리를 이주조에게 보냈다. 이주조의 꿈에 죽은 휘가 나타나 말하였다.

"내게 황금 2백 근이 있어 조인에게 맡겼으니 빼앗아 가지도록 하여라."

이주조는 구조인을 잡아서 꿈에서 언질 받은 대로 금을 빼앗으려고 했지만 결국 받아내지 못한 채로 구조인을 죽여 버렸다. 이로써 미루어본다면 원수는 갚은 셈이지만 그 황금은 여전히 존재한다.

오나라 시대 성덕 절도사 '동온기'는 황금 수만 냥을 가지고 있었다. 온기가 거란에 포로가 되자 지휘사 '비경'이 온기 일가족을 한꺼번에 죽여 한 구덩이에 파묻고는 금을 몽땅 빼앗았다. 진 고조(후진의 석경당, 892~942)가 왕위에 오르자 비경이 연합 주의 방어사로 부임하게 되었다. 비경이 그 금을 몽땅 싸 가지고 위주 길로 가는데, '범연광'이 국경에 복병 했다가 비경을 죽이고 금을 몽땅 빼앗았다. 연광은 또 이

금으로 인하여 '양광원'에게 살해당하고 광원은 진 출제 '석중귀'가 목을 베어 죽였다. 그리하여 광원의 부하 관리인 '송안'이 그 금을 죄다 털어다가 '이수정'에게 바쳤다. 수정은 뒤에 주 고조(후주後周 태조 곽위 904~954)에게 패하여 처자와 함께 불에 투신하여 목숨을 끊었다. 그러면 그 금은 아직도 인간 세상에 남아 있다. 어찌 알랴.

옛날에 도적 세 명이 작당하여 무덤 하나를 도굴하고 금을 훔쳤다. 그러고는 서로 부추겼다.

"오늘은 피곤한데그려. 돈도 많이 벌은 판이니 술 한 잔씩 하지?"

그 중 한 명이 선뜻 일어나 술을 사러 가면서 속으로 쾌재를 불렀다.

"하늘이 준 기막힌 기회다. 금을 셋이 나누는 것보다 내가 독차지하는 거야!"

그가 술에 독약을 타 가지고 돌아오자 남아 있던 도적 둘이 갑자기 달려들어 그를 때려죽였다. 뛰는 놈 위에 나는 놈들이 앞서거니 뒤서거니 말했다.

"일단 술부터 배불리 먹자고!"

"그리고 나서 금을 반씩 나누자고."

그리고 얼마 못 되어 둘 다 무덤 곁에서 죽고 말았다. 아아, 서글프다. 이 금은 필경 길가에 굴러다니다가 또다시 누군가의 손에 들어갔을 것이고, 뜻밖에 금을 주운 자는 가만히 하늘에다 감사 드렸으리라.

하지만, 이 금이 남의 무덤에서 도굴한 것이고, 독주를 마신 자들의 유물이고, 그 이전에는 또 몇 천 몇 백 명이 이 금 때문에 독살되었는지는 상상도 못했을 것이다. 그런데도 세상 사람들은 돈을 좋아하지 않는 이가 없으니 어인 까닭일까?

『역경』에 이런 말이 있다.

"두 사람이 마음을 합치면 그 이로움은 금이라도 끊는다."

이것은 바로 저러한 도적을 두고 한 말이리라. 어째서 그런가 하면, '끊는다'는 말은 '가른다'는 말이기 때문이다. 가른다는 것이 금일진대 마음을 합치는 이유도 잇속을 챙기려는 데에 있다. '의리'라고 하지 않고 '잇속'이라 하였으니, 당연히 불의의 재물이라는 말이다. 이것이 바로 도적질을 가리키는 말이 아니고 무엇이랴.

천하의 인사들이여! 원컨대 돈이 있다고 하여 꼭 기뻐할 일도 아니요, 없다고 해서 슬퍼할 일도 아님을 알라. 아무런 이유 없이 갑자기 돈이 굴러들어올 때는, 천둥처럼 두려워하고 귀신처럼 무서워하라. 모쪼록, 풀숲에서 뱀을 만난 듯이 머리끝을 오싹 세우고 뒤로 물러서야 한다.

―『열하일기』 중에서

온돌과 도둑

　주인이 방고래를 열고서 기다란 가래로 재를 긁기에 작정하고 보았다.

　먼저 한 자 남짓한 높이로 구들바닥을 쌓아서 편평하게 만든다. 깨뜨린 벽돌로 바둑돌 놓듯 굄돌을 놓고, 그 위에는 벽돌만 깔았다. 벽돌 두께가 원래 같기 때문에 깨뜨려서 굄돌을 해도 기우뚱거릴 리 없고, 벽돌의 몸이 본디 가지런하니 나란히 깔아 놓으면 틈이 날 리도 없다. 방고래 높이는 겨우 손이 드나들 정도이고, 굄돌은 서로 번갈아가면서 불목이 된다. 불이 불목에 이르면 안쪽에서 불꽃을 빨아들이듯 순식간에 넘어간다. 때문에 불꽃이 재를 휘몰아 고래 안으로 한꺼번에 미어터지게 들어간다. 그래서 여러 불목이 서로 잡아당기는 형국이 되어 도로 나올 틈이라곤 없이 굴뚝으로 쏜살같이 빠져나간다 굴뚝의 깊이는 한 길이 넘는다. 이게 바로 조선에서의 방구들 윗목어 깊숙이 파놓은 고랑, 즉 개자리로써, 재는 항상 불꽃에 밀려서 방고러 속에 가득히 남아있기 마련이다. 그래서 3년에 한 번씩 고래목을 열고 재를 쳐내야 한다. 부뚜막은 한 길이나 땅을 파서 위에다 아궁이를 설치하였으니, 땔나무를 거꾸로 집어넣게 된다.

부뚜막 옆에는 큰 항아리만큼 땅을 판다. 그 위에 덮개돌을 놓아 봉당바닥과 가지런하도록 한다. 그 안에 빈 공간에서 바람이 일어나 불길을 불목으로 몰아넣으므로, 연기가 조금도 새어나오지 않는다. 굴뚝을 내는 방법은 이러하다. 큰 항아리만큼 땅을 파고 벽돌을 탑처럼 쌓아올리되 지붕 높이와 맞춘다. 그러면 연기가 그 항아리 속으로 굴러들어서 서로 잡아당기고 빨아들이듯 한다. 아주 절묘하다. 보통 굴뚝에 틈이 생기면 약한 바람에도 아궁이의 불이 꺼지는 법이다. 조선의 온돌은 항상 불이 밖으로 삐져나와서 방이 골고루 따뜻하지가 않은데, 그 잘못이 모두 굴뚝에 있다. 조선의 굴뚝은 싸리로 엮은 상자에 종이를 바르거나 나무판자로 통을 만들어 쓴다. 처음 세운 굴뚝의 축대에, 틈이 난다거나 발랐던 종이가 떨어진다거나 또는 나무통이 벌어진다거나 하면, 연기 새는 것은 도통 막을 길이 없다. 그나마 바람이라도 한 번 세게 불었다 하면 연통은 있으나마나다.

'우리나라에서는 집이 가난해도 글 읽기를 좋아하지. 그래서 겨울이면 수많은 형제들의 코끝에는 항상 고드름이 달릴 지경 아닌가. 이 법을 배워 가서 삼동의 그 고생을 덜었으면 좋겠다.'

이런 생각을 하는데 변계함이 한마디 했다.

"이곳 구들은 아무래도 이상합니다. 우리나라 온돌만 못한 것 같은데요?"

"뭐가 못하다는 건가?"

"우리는 기름 먹인 종이 넉 장을 반듯하게 깔잖아요. 저래서야 화제 (운모의 일종으로 빛이 붉다)나 수골같이 반들반들한 빛깔을 낼 수가 있겠어요?"

내가 설명했다.

"이곳의 벽돌 장판이 우리나라의 종이 장판만 못하다는 건 그럴듯한 말이야. 하지만, 이 구들 놓는 방법을 본떠서 우리나라 온돌에 쓰고, 그 위에 기름 먹인 장판지를 깔아만 보아. 그걸 누가 마다하겠나? 우리나라 온돌제도는 대략 여섯 가지 흠이 있는데, 아무도 이걸 말하는 사람이 없단 말이야. 내 실험삼아 말해볼 테니, 아무 소리 말고 들어보게. 진흙을 이겨서 귓돌을 쌓고 그 위에 돌을 얹어서 구들을 만드는데, 돌이 크고 작고 두껍고 얇아. 애초부터 구들이 고르지를 않은 거야. 그래서 네 귀퉁이를 조약돌로 괴어 기우뚱거리지 않도록 맞춰놓으면, 차츰 돌도 타고 흙도 마르고 하여 허물어져버리기 일쑤거든. 그게 첫째 흠이야. 구들돌 표면이 울퉁불퉁하기 때문에 옴폭 들어간 데는 흙으로 메워 평평하게 해놓는데, 그래놓으니 불을 때어도 골고루 따뜻하지가 못해. 그게 둘째 흠이야. 방고래가 덩그마니 높은데다 널찍하기까지 해. 그래서 불길이 서로 맞물지를 못해. 그것이 셋째 흠이야. 또 벽이 부실하고 얇아서 툭하면 틈이 생기고, 그리로 바람이 새고, 불이 내쳐서 연기가 방 안에 가득차기 일쑤지. 그게 넷째 흠이야. 불목이 목구멍처럼 되어 있질 않아서 불꽃이 안으로 빨려들지를 않고 땔나무 끝에서만 날름거려. 그게 다섯째 흠이야. 또 방을 말리려면 적어도 땔감 백 단은 들지. 그 때문에 열흘 안에는 입주를 못해. 그게 여섯째 흠일세. 그에 반해, 중국식 온돌을 보게나. 이제 곧 자네와 더불어 벽돌 수십 개만 깔아 놓으면, 웃고 떠드는 새 벌써 몇 칸 온돌이 만들어져 그 위에 누워 잘 수도 있을 걸세. 어떤가?”

여럿이 술을 몇 잔 나누고는 밤이 이슥해져서야 숙소로 돌아와 누웠다. 내 방은 정사의 맞은편인데, 가운데를 베 휘장으로 가려 방을 나눈 셈이다. 정사는 벌써 깊은 잠에 빠졌고, 나 혼자 몽롱한 상태에서 담배를 피워 물고 앉아있었다. 그때, 별안간 웬 발자국 소리가 머리맡을 스쳤다. 깜짝 놀라 소리를 질렀다.

“거 누구냐!”

“도이노음이오.”

말소리가 하도 수상하여 거듭 소리쳤다.

“이놈, 누구냐!”

그는 더 큰 소리로 대답한다.

“소인 도이노음이오.”

시대와 상방 하인들이 모두 놀라 잠이 깼다. 뺨 갈기는 소리, 이어서 덜미를 잡아 문 밖으로 끌어가는 소리, 매우 소란스러웠다. 알고 보니 그는 밤마다 우리 일행을 지켜주는 갑군이었다. 그들은 밤마다 우리 일행의 숙소를 순찰하여 사신 이하 모든 사람의 수를 헤아려갔었는데, 미안하게도 늘 깊이 잠든 뒤여서 여태껏 모르고 있었던 것이다. 그나저나 갑군이 제가 저를 '도이노음'이라 하다니, 정말 배꼽 잡을 일이다. 갑군은 여러 해 동안 사신 일행을 모시는 사이에 우리나라 사람들에게서 말을 배웠던 모양이다. 우리나라 사람들이 흔히 쓰는 말로 오랑캐를 '되놈'이라 한다. 그래서 그들 앞에서도 그들이 알아듣지 못하겠거니 하고 '되놈'이란 말을 종종 쓴다. 심지어는 그들을 손가락으로 가리키면서 '되놈'이란 말을 쓰기도 하니, 영판 자기들 호칭이 조선말로 '되놈'인 줄 알았던 모양인데, 자기가 누구인가를 분명히 밝히려고 '도이노음이요' 했던 모양이다. 따져보면 '도이'는 '도이島夷'가 와전된 말이요, '노음老音'은 낮고 천한 이를 가리키는 말, 즉 조선말 '놈'의 와전이다. 또한 '이요伊吾'란 웃어른에게 여쭙는 말이다.

　　한바탕 소란이 벌어지는 바람에 그만 잠을 놓치고 말았다. 설상가상으로 진짜 도둑떼 같은 벼룩에게 남은 시간 내내 시달렸다. 정사 역시 잠이 달아났는지 촛불을 켠 채로 새벽을 맞이하고 있었다.

　　　　　　　　　　　　　　　　　　　　—『열하일기』 중에서

그게 바로 국숫집?

이날 밤 달빛이 대낮같이 밝은 것이 더위도 한물 간 모양이다.

저녁 식사를 마치자마자 밖에 나가 아득히 먼 들판을 바라보니 냇물이 푸른 땅에 깔리었고 소와 양은 제각기 집으로 돌아간다. 아직 문을 닫지 않은 가게들 중 한 집에 들어갔다. 뜰 가운데 시렁을 높이 매고 삿자리로 덮어 둔 곳이 있는데, 밑에서 끈을 당기면 스르륵 걷히면서 달빛을 받도록 되어있다. 이상스런 화초가 달빛 아래 얽히어 있다. 길에서 놀던 사람들이 나를 뒤따라 들어오더니 뜰을 가득 채웠다. 일각문을 들어서자 앞뜰과 넓이가 같은 뜰이 또 있고, 난간 아래엔 몇 그루 푸른 파초가 심겨있다. 네 사람이 탁자를 가운데 놓고 뺑 둘러앉았는데, 그 중 한 사람이 탁자를 차지하고 '신추경상(새로운 가을을 경축하며 감상함)'이란 넉 자를 쓴다. 불그레한 종이에 자줏빛 먹으로 쓰는데다 흰 달빛이 비끼어서 똑똑히 볼 수는 없지만, 붓놀림이 형편없어 겨우 글자 모양을 이룰 정도다. 사람들이 그 글씨를 다투어가면서 구경하고, 곧 당 앞 한가운데 문설주 위에 붙였다. 이는 달구경을 축하하는 홍보문서인 셈인데, 그들은 모두 일어나 당 앞으로 가서 뒷짐 지고 구경한다. 나는 마음속으로 중얼거렸다.

'필법이 저토록 옹졸하다니! 이때야말로 내가 뽐낼 때로다.'

탁자 위엔 남은 종이가 아직 있기에 나는 걸상에 가 앉던 길로 남은 먹을 진하게 묻혀 불문곡직하고 커다랗게 '신추경상'이라 써 갈겼다. 구경꾼 중 하나가 내가 쓴 글씨를 보더니 화들짝 놀라며 큰 소리로 다른 이들을 불러댔고, 사람들이 우르르 탁자 앞으로 달려왔다. 그들은 서로 웃고 떠들며 지껄여댔다.

"조선 사람이 글씨 참 잘 쓰네."

"동이東夷도 우리와 같은 글을 쓰나봐."

"글자는 같지만 음은 다르다더군."

내가 붓을 처억 던지고는 몸을 일으키자, 여럿이 앞을 다투며 내 손목을 잡느라 바쁘다.

"잠깐 앉아보서요. 존함은 어찌 되시오니까?"

이름을 써 보이자 더욱 기뻐한다. 처음 들어올 때만 해도 반기기는 커녕 본체만체 하던 사람들이, 내 글씨를 보고나서는 지나치게 반색한다. 얼른 차를 내오라는 둥, 담배를 붙여 권하는 둥, 호들갑스럽기 짝이 없다. 아무튼 삽시간에 달라진 대우다. 그들은 모두 '태원' '분진'에 사는 사람들로써, 지난해에 이곳에 와서 부인용 장식품 가게를 차렸고, 가게 이름을 '만취당'이라 붙이고 비녀·귀걸이·가락지 등속을 팔았다. 그 중 셋은 최가요, 둘은 유가, 곽가인데 모두 문필이 짧아서 필담을 나눌 수가 없었으나, 그나마 '곽생'이 좀 나아 보였다. 다섯 명 모두 나이가 서른 남짓인데 마치 노새처럼 힘이 있고 굳세 보인다. 얼굴들이 희멀겋고 눈매가 서늘하나 맑고 아담한 기운이라곤 꽝이다. 요전에 만난 오吳·촉蜀 사람들과는 사뭇 다르다. 지방 풍토에 따라 사람도 다름을 새삼 알겠다. 산 좋고 물 맑은 곳에서 장골이 난다더니 과연 빈 말이 아닌 성싶다.

곽생에게 물었다.

"곽생께선 태원에 살고 계시다고요? 그러면 귀향 출신 곽태봉 어른을 아시는지요? 아호는 '금납'이랍디다만."

"모릅니다."

곽생은 곽霍과 곽郭의 두 글자에다 점을 찍고는 설명했다.

"이 분은 곽 태조(후주後周의 태조 곽위郭威)의 '곽郭'이요, 나는 곽거병(한 무제 때의 명장)의 '곽霍'입니다."

"왜 분양(당나라 안녹산·사사명, 즉 안사의 난을 평정한 명장 곽자의郭子儀)·박륙(곽거병의 이복동생 곽광霍光)을 끌어오지 않고, 하필이면 주 태조나 표요(곽거병이 표요 교위를 지냈다)를 끌어대십니까?"

곽생이 멀뚱히 들여다보고 잠자코 있다. 제 딴에는 내가 만주사람들처럼 곽霍·곽郭을 혼용할까봐 짚어주었던 모양이다.

곽생이 말머리를 바꾼다.

"등주에서 뭍에 내리셨으면 어째 이리로 오셨습니까?"

"아니, 그리로 오진 않았소. 육로 3천 리로 바로 북경까지 대어가는 길이오."

"조선은 곧 일본입니까?"

마침 한 사람이 붉은 종이를 갖고 오더니 글씨를 써 달라 청한다. 그래놓고 자기 친구들을 불러들이는 바람에 사람이 점점 늘어난다.

"붉은 종이엔 글씨가 잘 되지 않으니 계란빛 종이를 가져 오시으."

그러자 한 사람이 잽싸게 달려가서 두루마리 종이를 내왔다. 나는 그것을 주련에 맞게 몇 장 자른 다음 붓을 들었다.

> 늙은 주인이 산과 숲을 즐기노니   翁之樂者山林也
> 손님도 물과 달을 모르지 않으리라   客亦知乎水月乎

모두가 좋아라고 환호성을 지른다. 서로들 신이 나서 다투어 먹을 갈며 오락가락 하는 것이, 저마다 종이를 구하느라고 그러는 모양이다. 나도 덩달아 종이를 펴고 쓰며 쉴 새 없이 붓을 달려대는데, 마치 고소장에 판결문을 쓰는 것 같다. 문득 한 사람이 나에게 묻는다.

"어른께선 술을 자실 줄 아십니까?"

"한 잔 술이야 어찌 마다하겠습니까?"

모두 떠들썩하게 웃어 젖히더니 곧이어 따끈한 술 한 주전자를 가져온다. 그리고 내게 연거푸 석 잔을 권한다. 내가 마시다가 물었다.

"주인장께선 왜 마시질 않는지요?"

"아무도 마실 줄 아는 이가 없답니다."

그러면서 구경하던 이들이 서로 다투어 능금과 사과와 포도 등을 가져다 내게 권한다. 나는 말했다.

"달빛이 아무리 밝아도 글씨를 쓰기엔 어두우니 촛불을 켜는 게 좋겠소."

곽생이 말한다.

"하늘에 한 조각 거울이 달렸으니 인간 세상에 있는 만 개의 등불보다 낫지 않소이까."

또 한 사람이 말한다.

"어른께선 시력이 좋지 못하십니까?"

내가 그렇다고 머리를 끄덕이니 곧 네 개의 촛불을 밝혀준다.

문득 어제의 일이 떠올랐다.

'어제 전당포에서 〈기상새설〉을 썼더니 주인 안색이 아주 뭐 씹은 표정으로 바뀌었더란 말씀이지. 내 오늘은 그 치욕을 꼭 씻어내고야 말리라.'

나는 아주 자신 있게 말했다.

눈물은 배우는 게 아니다

"주인장, 점포 머리에 달 만한 액자 하나 써 드릴까요?"

"거 좋지요!"

주인을 비롯하여 모두가 좋다고 환호한다.

나는 드디어 '기상새설' 넉 자를 또박또박 써내려갔다. 그런데 이상하다. 여럿이 서로 눈짓하는 품이 영판 어제의 전당포 주인 기색인 것이, 환장할 지경이다.

'거 참 수상하구면.'

나는 톡 까놓고 물었다.

"이 글은 이 가게와 아무런 상관이 없는 글입니까?"

그러자 그들 모두 머리를 끄덕이고, 곽생이 시원하게 설명해준다.

"그렇습니다. 저희 가게에선 부인네들 장신구만 취급할 뿐, 국수는 팔지 않거든요."

'기상새설이 국숫집에 어울리는 글이었다? 서리와 눈이 내기를 걸 만큼 흰 밀가루를 사용한다는 뜻의?'

그제야 나는 내 잘못이 무언가를 깨달았고, 글씨 탓만으로 여겼던 어제 일이 몹시 부끄러워졌다. 하지만 변명했다.

"나도 모르는 바 아니지만 그저 심심풀이로 써보았을 뿐이오."

일단 이렇게 얼버무리며 얼마 전에 요양의 한 가게에서 본 글을 퍼뜩 떠올렸다. 금빛으로 '계명부가鷄鳴副珈(닭이 울자 장신구를 갖추네)'라고 쓴 간판이었는데, 이 가게와 그 가게가 한 종류일 성싶다. 그래서

'부가당副珈堂'이란 석 자를 일필휘지로 써주었더니, 모두들 소리치며 좋아라하고, 곽생이 묻는다.

"이게 무슨 뜻이옵니까?"

"귀 점포에선 부인네들의 장식품이 전문이라 하시니, 『시경』에 나오는 소위 '부계육가副笄六珈(비녀에 이어서 온갖 장식을 꽂는다는 뜻)'란 구절이 떠올랐습니다."

그제야 곽생의 기분이 활짝 펴지며 감사의 표시가 절로 나온다.

"저의 집을 빛내주신 그 은덕 무엇으로 갚아 드리리까."

다음날엔 '북진묘'를 구경하기로 되어 있어 일찍 돌아왔다. 일행들에게 어제 일과 오늘 일을 이야기하니 모두들 배꼽잡고 웃느라 정신이 없었다. 그 뒤로 나는 점포 앞에 '기상새설'이란 넉 자를 볼 때마다 명심했다.

'음, 필시 국숫집이렷다.'

이는 사실 그 주인장의 심지가 밝고 깨끗함을 가리키는 뜻은 아니다. 그 면발이 서릿발처럼 가늘고 눈보다 희다는 것을 자랑하기 위함이며, 여기서 말하는 면발이란 곧 우리나라에서 말하는 밀가루이다.

—『열하일기』 중에서

담뱃불 댕긴다는 핑계로

새벽에 큰비가 내리는 바람에 발이 묶이다

정 진사·주 주부·변군·내원·조 학동(상방의 건량판사) 등이 투전판을 벌였다. 시간도 죽이고 술값도 벌자는 심산이다. 그들은 내 투전솜씨가 서툴다면서 판에 끼지 말고 가만히 앉아 술만 마시란다. 속담에 이른바 굿이나 보고 떡이나 먹으라는 격 아닌가. 슬며시 화가 치밀었지만 어찌할 수 없는 노릇이다. 나는 그들 옆에 앉아서 누가 이기는지 누가 지는지를 구경이나 하게 되었는데, 미상불 그리 나쁘지만은 않다. 술은 남보다 먼저 먹게 되었으니 말이다.

벽 저쪽에서 가끔 여인의 말소리가 들려온다. 가냘픈 목청에 교태 섞인 하소연이 마치 제비나 꾀꼬리가 우짖는 소리 같다.
'아마 주인집 아가씨일 터. 필시 절세가인인 모양이다.'

일부러 담뱃불 댕긴다는 핑계를 만들어 부엌 쪽으로 들어가 보았다. 그런데 쉰도 넘어 보이는 부인이 문에 기댄 채로 평상에 앉았는데, 생김생김이 볼썽사나운데다가 추하기까지 하다. 그 부인이 나를 보고 인사를 건넨다.

"어르신, 평안하세요?"

"주인께서도 복 많이 받으십시오."

대답을 건성으로 한 뒤에 짐짓 재를 파헤치는 척하며 곁눈질로 살폈다. 쪽진 머리에는 온통 꽃을 꽂고, 금팔찌 옥귀걸이를 걸었으며 얼굴엔 분을 살짝 발랐다. 검은 색깔의 긴 옷을 걸쳤는데, 은단추를 촘촘히 달아서 여몄다. 발엔 풀·꽃·벌·나비를 수놓은 신발을 신었다. 발에 붕대를 감는 전족을 하지 않은데다 궁혜(외코신)를 신지 않았음을 보아서 아마 만주 여자인 듯하다.

주렴 뒤에서 한 처녀가 나오는데 스무 살 가량 되어 보이는 얼굴이다. 머리를 양 갈래로 묶어 위로 틀어 올린 모양새가 처녀라는 걸 말해주고 있다. 생김새는 역시 억세고 사나우나 살결은 희고 깨끗하다. 처녀는 쇠양푼에다 수수밥을 가득 퍼 담고는 거기다가 물을 부었다. 그런 다음 서쪽 벽 아래 놓인 의자에 걸터앉아 젓가락으로 밥을 먹는다. 파를 뿌리째 잡고 장에 찍어서 밥과 같이 먹는데, 목에는 달걀만한 혹이 달려 있다. 보는 앞에서 밥을 먹고 차를 마시면서도 얼굴엔 수줍은 기색이라곤 없다. 해마다 조선 사람을 봐와서 익숙해진 탓이겠다.

뜰은 넓이가 수백 칸이나 되는데, 장맛비에 진창이 되어버렸다. 시냇가에서 바둑돌이나 참새 알 정도의 고만고만한 조약돌만 주워 모은 모양이다. 모양과 빛이 비슷한 것을 골라서 문간에다 깔았는데, 봉황새로 보이게끔 무늬를 놓은 그것들이 진창을 막고 있다. 허투루 버리는 물건이라곤 한 가지도 없는 모양이다.

이따금 꼬리와 깃털, 양 겨드랑이 털까지 뽑혀서는 고깃덩어리만 남은 닭이 절름거리면서 다니고 있다. 빨리 키우는 한 방법이란다. 여름이면 닭에 검은 이가 생기고, 그것들이 꼬리와 날개에 붙게 되면 닭은 콧병이 생기는데, 주둥이로는 누른 물을 토하고 목구멍에는 가래가 끓는다. 이런 증세를 '계역'이라 한다. 그러므로 미리 그 꼬리와 깃을 뽑아서 통풍이 되도록 해줬다는데, 도무지 추악하기 이를 데 없어 차마 눈뜨고 볼 수 없을 지경이다.

—『열하일기』 중에서

이 쪽배 타고 떠나시면

　안 그래도 가난하였던 백규(연암의 큰 매형)는 어진 아내를 잃고 나자 더욱 살아갈 방도를 잃어버렸다. 그래서 이왕 관을 모시고 가는 김에 어린것들과 계집종 한 명에 크고 작은 솥과 상자 등속을 끌고 나섰다. 두메산골로 들어가기 위해 상여와 함께 물길을 따라 배를 놓은 것이다. 중미(박지원)는 새벽에 두포의 배 안에서 송별하고, 한바탕 통곡하고서 쓸쓸히 돌아왔다.

　아, 슬프다! 누님이 갓 시집가서 새벽단장 하던 일이 어제같이 생생하다.

　겨우 여덟 살의 응석꾸러기였던 나는 번듯이 드러누운 채로 발버둥이를 치다가 문득 새신랑을 흉내 내어 더듬더듬 누님에게 말을 걸었다. 그러자 누님은 얼굴이 빨개져서는 그만 빗을 놓쳤고, 그 빗이 내 이마를 쳤다. 나는 성을 내어 풀풀 울면서 먹물을 분가루에 섞고 거울

눈물은 배우는 게 아니다

에 침을 뱉어댔다. 그랬더니 누님이 옥으로 만든 오리와 금으로 만든 벌을 꺼내어 내게 주며 울지 말라고 달래주었는데, 가만히 헤아려보니 벌써 스물여덟 해 전이다.

　나는 강가에 말을 멈추고 저 멀리를 바라만 본다.
　붉은 만장이 바람에 펄럭거리고 돛 그림자도 덩달아 물에서 꿈틀거리고 있었다. 하지만 그것들이 산모롱이를 돌아가면서는 나무들에 가려지더니 다시는 보이질 않았다. 강가의 먼 산들이 누님의 쪽진 머리처럼 검푸르고, 강물 빛이 그때의 거울을 대신하고, 새벽달, 저 서벽달이 마치 누님의 고운 눈썹 같다.

　누님이 빗을 떨어뜨렸던 때를 떠올리니 눈물이 솟구친다.
　어렸을 때라 그런지 그 때 기억이 유별나게 또렷하고, 누님과의 기쁜 기억 즐거운 기억들이 이것저것 새록새록 떠오른다. 세월이 더디 간다지만, 언제부턴가 노상 우환에 시달리고 가난을 걱정하다 보니 꿈속처럼 훌쩍 지나갔다. 또 어찌 남매로 지냈던 날들은 그리도 빨리 가버렸는가.

—「맏누님 증 정부인박씨묘지명」 중에서

생각에

귀기울이다

코끼리 상象

만일 괴상스럽고 잡스럽고 우습고 기이하며 어마어마한 구경을 하려면 먼저 선무문 안에 있는 '코끼리 우리'에 가 봐야 할 것이다. 내가 북경에서 코끼리를 열여섯 마리 보았는데, 모두 쇠사슬에 발이 묶여 있어서 움직이는 모양이라곤 못 보았다. 그런데 지금 열하 행궁 서쪽에서 본 코끼리 두 마리는, 온 몸을 꿈틀거리면서 걸어가는 게 마치 비바람이 움직이는 듯 굉장하다. 예전에 어느 새벽, 동해 바닷가를 거닐다가 파도 위에 말처럼 우뚝우뚝 서 있는 물체들을 만났었다. 두수히 많기도 하고 집채만큼 크기도 하여 물고기인지 짐승인지 통 구별이 안 갔다. 해가 뜨면 자세히 보려고 맘먹었으나, 그것들은 해가 돋기도 전에 바다 속으로 숨어버렸다. 지금 불과 열 걸음 거리에서 코끼리를 보아하니, 미상불 그때 동해에서 보았던 바로 그것이다.

소의 몸뚱이에 나귀 꼬리, 낙타 무릎에 호랑이 발, 잿빛 짧은 털, 그리고 어진 모습에 슬픈 목소리를 지녔다. 귀는 구름을 드리운 듯하고 눈은 초승달 같으며, 두 개의 어금니는 두 아름쯤, 길이는 한 장丈 남짓이며 코는 어금니보다 길어서 구부리고 펴는 모양이 흡사 자벌레다. 코의 부리는 굼벵이, 코끝은 누에 등 같이 생겼는데, 그걸로 족집게 삼아 먹을거리를 집어 둘둘 말아서는 입에 집어넣는다.

어떤 이는 코를 입부리로 착각하여 다시 코끼리의 코를 찾는데, 코가 설마 이러리라고는 미처 상상하지 못한 까닭이다. 또 어떤 이는 코끼리 다리가 다섯이라고도 하고, 또 어떤 이는 코끼리의 눈이 쥐와 같다고 하지만, 이는 대개 코와 어금니 사이만을 주목하는 까닭이다. 그 몸뚱이 전체에서 우선 보이는 부분을 집어가지고 보면 이런 엉뚱한 추측이 생길 만도 하다. 대체로 코끼리는 눈이 몹시 가늘어서 간사한 사람이 아양 떨 때의 눈 같으나, 그의 어진 성품은 역시 눈에 있다. 강희 시대에, 남해자(북경 숭문문 남쪽의 동물원)라는 동물원에 사나운 범 두 마리가 있었다. 그것들을 도통 길을 들일 수 없기에 상당히 노한 황제가 범을 코끼리 우리로 몰아넣게 했다. 그랬더니 코끼리가 몹시 겁을 내어 코를 한 번 휘둘렀고 범 두 마리는 그대로 넘어져 즉사했다. 코끼리가 범을 죽이고자 한 것이 아니라 범의 냄새가 싫어 코를 휘둘렀을 뿐이었다.

아아, 사람들은 세상의 사물 중에 터럭만큼 작은 일이라도 그 근거

눈물은 배우는 게 아니다

가 하늘에 있다고들 한다. 그러나 하늘이 어찌 하나하나 이름 지어 명령했을까. 형체로 말한다면 '천'이요, 성질로 말한다면 '건'이요, 주재하는 이는 '상제'요, 오묘한 작용으로 말하자면 '신'이니, 그 이름도 다양하고 일컬음도 가지가지다. 또 일컫는 명색이 너무 친밀하다. 이치와 기운을 화로와 풀무로 삼고, 나서 자람과 선천적으로 타고남을 그 만든 물건으로 삼아, 하늘이 마치 재주 있는 장인처럼 망치·도끼·끌·칼 등으로 쉼 없이 일을 한다고 여긴다.

그래서인지 『역경』에 이런 말이 있다.

"하늘이 초매(천지가 개벽되면서 만물이 혼돈한 현상)를 지었다."

초매란 그 빛이 검고 그 형태는 안개가 낀 듯 마치 동틀 무렵 같아서 사람이나 물건을 똑바로 분간할 수 없다고 하는데, 나는 잘 모르겠다. 캄캄하고 안개 자욱한 속에서 하늘은 과연 어떤 물건을 만들어냈을까. 맷돌에 밀을 갈 때 보면 작건 크건 가늘건 굵건 너나없이 뒤섞여 바닥에 쏟아진다. 무릇 맷돌의 작용이란 도는 것일 뿐이니, 가루가 가늘건 굵건 무슨 차별을 두었겠는가. 그런데도 사람들은 이렇게들 입방아를 찧는다.

"뿔이 있는 놈에게는 이빨을 주지 않았다."

만물을 창조하면서 빠뜨린 게 있다는 식의 원망이니, 잘못된 생각이다.

감히 묻는다.

"이빨을 준 건 누구인가?"

사람들은 대답하리라.

"하늘이 주었지요."

다시 묻는다.

"하늘이 무엇 때문에 이빨을 주었을까?"

사람들은 이렇게 대답하리라.

"먹이를 씹으라고 주었지요."

다시 묻는다.

"이를 가지고 먹이를 씹는다는 건 무엇일까?"

그러면 사람들은 또 이러리라.

"그게 바로 하늘이 낸 이치입니다. 새나 짐승이나 손이 없으므로 반드시 부리나 주둥이를 구부려 땅에 대고 먹을 것을 구하지요. 그러니 학과 같이 다리가 높은 새는 부득이하게 목을 길게 만들 수밖에 없는 거죠. 그래도 혹 땅에 닿지 않으면 어쩌나 싶어 부리를 길게 해주었습니다. 만일 닭의 다리를 학 다리처럼 길게 만들었다면 벌써 굶어죽었을 겁니다."

나는 크게 웃으면서 다시 말하리라.

"그대들이 말하는 '이치'란 소·말·닭·개에게나 해당할 뿐이다. 하늘이 이빨을 내린 것이 지금 저 코끼리에겐 쓸데없는 어금니를 심어주어 땅으로 고개를 숙이면 어금니가 먼저 닿는다. 씹는 데는 오히

눈물은 배우는 게 아니다

려 방해가 되지 않는가?"

어떤 사람들은 내게 이런 대답을 하겠다.

"그건 코가 있기 때문입니다."

그러면 나는 또 이렇게 반문하리라.

"긴 어금니를 주고서 코를 핑계로 댈 바엔, 차라리 어금니를 없애고 코를 짧게 하는 편이 낫지 않나?"

그러면 더 이상 우기지 못하고 슬그머니 수그러들게다. 우리가 배운 것으로는 생각이 소·말·닭·개 정도에 그칠 뿐, 용·봉·거북·기린 같은 짐승세계에까지는 미치지 못한다. 코끼리가 범을 만나면 코로 때려죽이니 그야말로 천하무적이다. 그러나 쥐를 만나면 코를 둘 데가 없어서 하늘을 우러러 멍하니 서 있을 뿐이다. 그렇다고 쥐가 범보다 무서운 존재라고 말한다면 이치에 맞지 않다. 대저 코끼리는 쥐가 눈에 보이는 데도 오히려 어찌할 바를 모른다는 것이 이와 같다. 하물며 천하 사물이 코끼리보다도 몇 만 배나 더 복잡한 것임에랴. 그러므로 성인이 『역경』을 지을 때 코끼리 '상象' 자를 취하여 지은 것이다. 궁극적으로, 만물이 변화하는 이치를 연구하게 하려는 까닭이었으리라(『주역』에 사상四象이 팔괘를 낳고 팔괘가 육십사괘를 낳는다는 사물 변화의 이치를 말하였다).

공작관에서 공작을 그리다

　'백척오동각'의 남쪽동헌이 '공작관'이고, 남으로 수 십 걸음 채 안 가서 꼭대기에 호로(누각 지붕의 중앙 정점에 설치한 조롱박 모양의 장식물)를 얹고 마주서 있는 것이 '하풍죽로당'이다. 뜰 중간을 가로질러 대를 엮어 시렁을 만들고 그 가운데에 구기자 · 해당화 · 팥배나무 · 박태기나무를 섞어서 심으니, 길게 뻗은 가지와 부드러운 넝쿨이 얽히고 우거져 어릿어릿 비치면서 앞을 가린다. 봄여름에는 병풍이 되고 가을과 겨울에는 울이 되니, 병풍에는 어우러진 꽃이 제격이고 울에는 쌓인 눈이 제격이다. 그 길쭉이 트인 곳이 자연스러운 문이 되어 사립도 달지 않았다. 또 북녘 담을 뚫고 도랑을 끌어다 북쪽 땅에 들이자, 물이 넘쳐 굽이쳐 흐르게 되었다. 거기에 연잎을 따서 술잔을 실은 다음 동동 띄웠다.

　이것이 바로 공작관이다. 다 같은 집이라도 구석구석 자리를 옮길 때마다 주위 환경과 전망이 달라진다.

　눈물은 배우는 게 아니다

내가 십팔구 세 때에 꿈에 한 누각에 들어가니 높고 깊으며 텅 비었고 밝기까지 하여서 공관 같기도 하고 법당 같기도 하였다. 좌우에는 비단 책갑과 옥첨(책갑이 벗겨지지 않도록 끼우는, 옥으로 만든 뾰족한 찌)이 질서정연하게 꽂혀 있었다. 겨우 한 사람 들어갈 만한 통로로 굽이굽이 들어가니 그 가운데에 두어 자 되는 푸른 화병이 놓여 있었는데 천정에 닿을 만한 비취의 꼬리 두 개가 거기에 꽂혀 있었다. 그곳을 한참 배회하다가 그만 잠을 깼다.

그 뒤 20여 년이 지나 내가 중국에 들어가 공작 세 마리를 보았는데, 학보다는 작고 해오라기보다는 크며, 꼬리는 길이가 두 자 남짓하고, 정강이는 붉고 뱀이 허물 벗은 것 같았다. 부리는 검고 매처럼 안으로 오므라들었으며, 털과 깃이 온 몸을 덮어 불이 타오르듯 황금이 반짝이듯 고왔다. 깃 끝에는 각각 한 개의 황금빛 눈이 달려 있는데, 석록색의 눈동자와 겹을 이루고 있는 수벽색의 눈동자에 자주색이 번지는가 하면 남색으로 테를 둘렀다. 자개처럼 아롱거리고 무지개처럼 솟아오르니, 푸른 물총새도 아니요 붉은 봉황새도 아니다. 이따금 움찔해서 빛이 사라졌다가 곧바로 나래쳐 되살아나며 금방 번득거려 푸른빛이 돌고 갑자기 너울거려 불꽃이 타오르니, 대체로 문채의 극치가 이보다 더한 것이 없었다.

색깔이 빛을 낳기고 빛이 빛깔을 낳으며, 빛깔이 찬란함을 낳고, 찬란한 뒤에 환히 비친다. 환히 비친다는 것은 빛과 빛깔이 색깔에서 떠올라 눈에 넘실거린다는 뜻이다. 그러므로 글을 지으면서 종이와 먹을 떠나지 못한다면 정확하고 합리적인 글이 나올 수 없다. 더구나 색깔을 논하자면서 마음과 눈으로 미리 색깔의 이름을 정한다면 제대로 보는 게 아니다.

내가 북경에 있을 때 중국의 동남지방 선비들과 날마다 단가포에서 술을 마시고 글을 논하였다. 그때 으레 '공작과 흡사하다'는 말로 그들의 시와 산문을 평하였더니, 같이 앉아있던 한림원의 관원 고역생이 농담하였다.

"우리 손님의 이 얼굴은 부자의 가금에 비해 어떠합니까?"(부자는 공자를 가리키며, 부자의 가금이란 공자의 집에서 기르는 새라는 뜻으로 공작에 빗대어 말하였다. 취기가 오른 연암의 얼굴빛이 공작처럼 붉으락푸르락 변하는 모습을 풍자한 것이다)

모두들 크게 웃었고, 그 후 5년이 지났다. 중국에 다녀온 사람이 '공작관'이란 세 글자를 얻어 왔는데 '전당'사람 조설범이 쓴 것이었다. 지난날에 내가 조설범과는 한 번도 만난 적이 없었는데 아마 다른 사람에게서 나에 관한 소문을 듣고 만 리 밖에서 성의를 담아 보내온 것이리라. 그러나 '관'이란 사사로운 사무실에 붙이는 이름이 아니요, 또

눈물은 배우는 게 아니다

나는 늙어서도 조그마한 서실이 하나 없으니, 도대체 어디다 그것을 걸겠는가. 그런데 이제 다행히 임금의 은혜로 명승지의 수령이 되어 아름다운 자연 속에서 지낸 지 4년 동안에 관아로 집을 삼으니('공작관기'는 안의현감으로 부임한지 4년 만(1795)에 쓴 것이다) 헌 책을 담은 다 떨어진 상자도 늘 내 몸 가는 대로 더불어 있게 되었다. 장마 끝에 책을 말리다가 우연히 이 필적을 발견했는데 감회가 새롭다. 아아, 공작은 다시 볼 수 없으나 옛 꿈이 되새겨진다. 까마득히 잊고 있었는데 여기에 있었다니, 숙연해지기도 한다. 드디어 새겨서 앞 기둥에 걸고, 아울러 이처럼 기록한다.

눈으로 색깔을 보는 것은 다 같으나, 빛이나 빛깔이나 찬란함에 있어서는 보고도 똑똑히 보지 못하는 자가 있고, 똑똑히 보고도 잘 살피지는 못하는 자가 있고, 살피고도 입으로 형용하지 못하는 자가 있는 것은, 눈이 다르기 때문이 아니라 심령에 트이고 막힘이 있기 때문이다. 비유하자면 이 종이와 이 먹에 대해 흑백을 구분하지 못하는 자는 장님이요, 흑백은 구분하지만 그것이 글자임을 알지 못하는 자는 어린애요, 그것이 글자임은 알지만 소리 내어 읽어 내려가지 못하는 자는 노예요, 겨우 소리를 내어 읽어도 반신반의하는 자는 시골의 서당 선생이요, 입으로 술술 읽어 그 전에 기억하던 것을 외우듯 하면서도 덤덤히 마음에 두지 않는 자는 과거시험장의 서생이다.

하풍죽로당

정당의 서쪽 곁채는 다 무너져 가는 곳간인데, 마굿간·목욕간과 서로 이어졌다. 두어 걸음 내디디면 오물과 재를 모은 쓰레기더미가 처마보다도 높이 솟아있는데, 관아의 구석진 땅이라 온갖 더러운 것들이 다 모였다. 어느덧 봄이 돌아와 눈이 녹고 바람이 따스해지자 더욱 견디기 힘들었다.

그래서 종복들에게 일과를 주어 삼태기와 바지게로 긁어 담아내게 하였더니 열흘 뒤에는 꽤 널따란 공터가 생겼다. 가로는 스물다섯 발에, 너비는 그 10분의 3이었다. 딸기나무들은 베어 버리고 잡초는 쳐내고 울퉁불퉁한 곳은 깎아 내었다. 패인 곳도 메우는 등 마굿간을 다 옮겨 버리니 터가 더욱 시원해졌다. 게다가 좋은 나무들만 골라 줄지어 심으니 벌레와 쥐가 깡그리 숨어 버렸다.

그 터를 반으로 나누고, 남쪽에는 남쪽 못을 만들고 북쪽에는 폐치

눈물은 배우는 게 아니다

된 창고의 재목을 이용하여 북당을 지었다.

'당'은 동향으로 지어 가로 기둥 넷, 세로 기둥 셋, 그리고 서까래 꼭대기를 모아 상투같이 만들고 호로를 모자처럼 얹었다. 가운데는 휴식하는 방으로 '연실'을 만들고 동쪽으로는 침실을 만들었다. 앞쪽 왼편과 옆쪽 오른편 풍경을 보자면, '빈 곳은 트인 마루, 높은 곳은 층루, 두른 것은 복도, 밖으로 트인 것은 창문, 둥근 것은 통풍창'이다.

굴곡진 도랑을 끌어 푸른 울타리를 통과하게 하고, 이끼 낀 뜰에 구획을 나누어 흰 돌을 깔아 놓았다. 그 위를 덮어 흐르는 물이 어리비쳐서 졸졸 소리 낼 때는 그윽한 시내가 되고, 부딪치며 흐를 때는 거친 폭포가 되어 남지로 들어간다. 또한 벽돌을 쌓아 난간을 만들어 못 언덕을 보호하게 하고, 앞에는 긴 담장을 만들어 바깥뜰과 한계를 짓고, 가운데는 일각문을 만들어 정당과 통하게 하였는가 하면, 남으로 더 나아가 방향을 꺾은 지점엔 못의 한 모서리에 홍예문을 내었는데, 가운데 '연상각'이라는 현판을 붙이고는 작은 누각과 통하게 하였다.

이 당의 최고 경치는 담장에 있다. 어깨 높이 위로는 다시 두 기왓장을 모아 거꾸로 세우거나 옆으로 눕혀서, 여섯 모로 마름꽃 모양을 만들기도 하고 쌍고리처럼 하여 사슬 모양을 만들기도 하였다. 틈이 벌어지게 하면 노전(돈)같이 되고 서로 잇대면 설전(소폭의 채색 종이인 설도전)이 되니, 그 모습이 영롱하고 그윽하다. 담 아래는 한 그루 홍도, 못가에는 두 그루 늙은 살구나무, 누대 앞에는 한 그루의 꽃 핀 배나무, 당 뒤에는 수만 줄기의 푸른 대, 연못 가운데는 수천 줄기의 연꽃, 뜰 가운데는 열한 뿌리의 파초, 약초밭에는 아홉 뿌리 인삼, 화분에는 한 그루 매화를 두니, 구태여 밖에 나가지 않고도 사계절의 경물을 모두 감상할 수 있다.

동산을 거닐 때 수만 줄기의 대에 구슬이 엉기어 있으면 맑은 이슬이 내린 새벽이요, 난간에 기댔을 때 수천 줄기의 연꽃이 향기를 날려 보내오면 비갠 뒤 햇빛 나고 바람 부드러운 아침이요, 가슴이 답답하고 생각이 산란하여 탕건이 절로 숙여지고 눈꺼풀이 무겁다가도 파초 잎을 두들기는 소리에 정신이 갑자기 개운해지면 시원한 소낙비 내린 낮이요, 아름다운 손님과 함께 누대에 오를 때에 아름다운 나무들이 조촐함을 다투고 있으면 갠 날의 달 뜬 저녁이요, 주인이 휘장을 내리고 매화와 함께 여위어 가면 싸락눈 내리는 밤이다. 철따라 각 사물에다 흥을 붙이고 제가끔 절경을 드러내도록 한 것이다. 하지만, 정작 백성들이 이러한 즐거움에 참여하지 못한다면 그것이 어찌 태수가 이 당을 지은 본뜻이겠는가.

아아! 나중에 이 당에 거처하는 이가 아침에 연꽃(하 荷)이 벌어져 향

내가 멀리 퍼짐을 보면 다사로운 바람(풍風)같이 은혜를 베풀고, 새벽에 대나무(죽竹)가 이슬을 머금어 고르게 젖음을 보면 촉촉한 이슬(로露)같이 두루 선정을 베풀게 될지니, 이것이 바로 내가 이 당을 '하풍죽로당'이라 이름 지은 까닭이다.

세월의 바퀴

을유년(1765) 가을에 나는 팔담으로부터 거슬러 올라가 마하연에 들어가서 준 대사를 방문하였다. 그때 대사는 손가락으로 감중련을 하고서 눈으로는 코끝을 내려다보고 있었다. 동자가 옆에서 화로를 헤치고 향을 피우는데, 그 연기가 둥글게 피어올라 머리털을 묶은 듯 버섯이 돋아난 듯 방안에 자욱하였다. 연기는 붙들지 않아도 곧게 피어오르고 바람이 없어도 저절로 출렁이며, 너울너울 한들한들 두고두고 다함이 없을 듯싶었다. 갑자기 깨우침을 얻은 듯 동자가 웃음 띠고 말했다.

"공덕이 충분히 쌓이면 움직임은 바람으로 돌아가고, 나의 깨달음이 성취되면 향은 한낱 무지개로 화하리라."

대사가 눈길을 돌리며 말하였다.

"애야, 너는 향을 맡았지만 나는 그 재를 보며, 너는 그 연기를 보고 좋아하지만 나는 그 공(空)을 본다. 고요한 움직임은 이미 사그라졌으니, 공덕을 어디에 베풀랴."

동자가 얼른 말을 받아 다시 올렸다.

"감히 묻겠습니다. 무엇을 이른 말씀이신지요?"

"시험 삼아 그 재를 맡아 보아라. 이제 무슨 냄새가 나느냐? 그 공을 보아라. 이제 무엇이 있느냐?"

그러자 동자가 느닷없는 눈물을 줄줄이 흘리며 말하였다.

"예전에 스승님께서 제 머리를 쓰다듬으시며 저에게 오계(살생·도적질·간음·망언·술을 금하는 다섯 계율)를 내리셨고 저의 법명도 ᄌ어 주셨습니다. 그런데 지금 스승님께서 말씀하시기를 '이름은 곧 내가 아니요, 나는 바로 저 공이다.' 하셨습니다. 공이란 곧 형체가 없는 것이니 이름이 있다 한들 장차 어디에다 쓰오리까. 청컨대 그 이름을 돌려 드리겠습니다."

"너는 공순히 받아서 고이 보내라."

하고서 대사가 조목조목 자상하게 짚어주었다.

"내가 60년 동안 세상을 보았는데 어떠한 사물이든 머물러 있는 것이 없더라. 모두가 도도하게 흘러가기 마련이다. 세월이 흐르고 흘러 그 바퀴를 멈추지 않으니, 내일의 해는 오늘의 해가 아닌 게다. 그러므로 '미리 헤아림(영迎)'은 이치를 '거스름(역逆)'이요, '붙잡음(만挽)'은 '억지로 애씀(강強)'이요, '보냄(송送)'은 '순응함(순順)'이다. 너는 마음속에 머물러 두지 말고 기운에 막힘이 없도록 하라. '명'에 순응하여

명으로써 나를 보고, '이'에 따라 보내어서 이치로써 사물을 보면, 흐르는 물이 손가락으로 가리켜 보이는 곳에 있을 것이요 흰 구름이 일어날 것이다."

나는 이때 턱을 고이고 옆에 앉아서 듣고 있었으나 진실로 아득한 기분이었다.

망상

낙서(이서구)가 초록 앵무새를 얻었는데, 똑똑해진다 싶다가도 똑똑해지지 않고 깨우치는가 싶다가도 깨우쳐지지 않기에, 새장 앞으로 가서 눈물을 흘리며 말했단다.

"네가 말을 못하면 까마귀와 무엇이 다르겠느냐. 네 말을 알아들을 수 없으니 나야말로 동이(중국에서 수입되어 중국어를 하는 앵무새의 말을 '동이' 즉 조선인이라서 알아듣지 못한다는 자조적 표현)로구나."

그러자 갑자기 앵무새의 총기가 트였고, 낙서는 『녹앵무경』을 짓고는 나에게 그 서문을 청해 왔다.

내가 언젠가 흰 앵무새의 꿈을 꾸고서 박수무당을 불렀는데. 그에게 꿈 이야기를 들려주며 점을 쳐보라 하였다.

"내 평소 꿈을 꿀 때는 늘 이렇다네. 꿈에서는 밥을 먹어도 배부르지 않고, 술을 마셔도 취하지 않고, 악취를 맡아도 더럽지 않고, 향내를 맡아도 향기롭지 않고, 힘을 써도 강해지지 않고, 불러도 소리가 나지 않는다네. 어떤 때는 용이 하늘을 날기도 하고, 어떤 때는 봉황이나 기린이나 귀신같은 물체를 비롯해서 이상한 짐승들이 뒤섞이어 달리고 쫓곤 하지. 눈이 넷 달린 신장(잡귀나 악신을 물리친다는 장수신)이 나타나기도 하는데, 입이 등에 있고 이빨에는 칼이 물려져 있기도 하였다네. 어떤 때는 손에도 눈이 있는가 하면, 작은 눈에 작은 귀, 큰 입에 큰 코를 가졌기도 하더군. 또 넓은 바다에 파도가 넘실대기도 하고 푸른 산이 불에 타기도 하며, 해와 달과 별이 내 몸을 휘감아 에워싸기도 하고 천둥과 번개에 놀라 식은땀이 흐르기도 하고, 높은 하늘에 올라 빛나는 구름을 타기도 하지. 그리고 내가 9층 누대에 날아오르기도 했거든. 그럴 땐 아름다운 단청이 보이는가 하면 유리 창 저쪽에서 아리따운 여인들이 눈웃음치며 아주 즐거워하는 모습이 어른거리는데, 거기서 절묘한 노랫소리가 맑게 드날리며 피리와 퉁소가 어우러진 반주도 흘러나오더라고. 또 어떤 땐 매미 날개마냥 몸이 가벼워져 나뭇잎에 붙기도 하고, 지렁이랑 싸우기도 하고, 맹꽁이랑 더불어 울기도 하며, 또 어떤 땐 담벼락을 뚫고 들어가는데 바로 널찍한 집이었지. 거기서 내가 높은 손님이 되어있는데, 큰 깃발에 작은 깃발에 대장기를 휘날리며, 커다란 파초선을 받친 초헌이 백 대나 줄서 있기도 하였다네. 무슨 망상이 이토록 뒤죽박죽 나타난단 말인가?"

그러자 박수무당이 왁자한 소리로 떠벌였다.

"온몸이 덜덜 떨리는구나. 죄받을까 무섭다. 너는 잘 생각해 보아라. 네가 몸의 기운을 단전에 모아 심신을 수양하게 되면 공기 속의 진짜 배기 기운만 들이마셔서 아무런 음식도 필요 없게 될 거다. 점차 가족도 싫어지고 집도 필요치 않게 되겠지. 저 바위 밑에 거처하면서 아내와 자식을 다 버리고 친구마저 이별하고, 하루아침에 몸이 가벼워져 어깨에는 도토리 나뭇잎을 걸치고 허리에는 범 가죽을 두른 채, 아침에는 널따랗고 새파란 바다에서 노닐고, 저녁에는 곤륜산에서 노닐다가 그 이튿날 낮이나 저녁이 되어서야 잠깐 돌아오는데, 그 사이에 이미 천 년이 지나기도 하고 혹은 팔백 년이 지나기도 한다. 이토록 오래 살면 바로 신선이다. 진짜 그러면 어떡할래?"

나는 바로 마다하였다.

"그건 하나의 망상이다. 천 년이나 팔백 년이 아침저녁으로 노니는 사이에 지나가 버린다니 어찌 그리 짧은가. 내가 오래오래 산다한들 누가 다시 나를 알아보겠으며, 어느 친구가 있어 내가 나인 줄을 알아보겠는가. 만에 하나라도 다행스럽게 옛집이 허물어지지 않고 마을도 예전 그대로 있으며 자손도 번성하여 8대, 9대 또는 10대에 이른다한들, 내가 내 집에 돌아가면 대문에 들어설 때 잠깐 기쁠 뿐, 다시 슬퍼질 게 뻔하다. 한동안 앉아 있다가 집안사람들 귀에 대고 소곤거리기를, 동산 뒤에 있는 배나무와 부엌에 있는 크고 작은 솥들의 숫자를 다 알아맞히고 진주와 보석들은 어떤 게 있고 어떤 게 없는지를 말하여, 그 말이 조금씩 맞아떨어지게 된다 치자. 그러면 자손들이 크게 성을 내면서, 저기 어떤 망령된 늙은이냐, 저기 어떤 미친 영감이냐, 저기 어떤 취한 놈이냐 하며 와서 나를 욕하고 지팡이로 쫓아내거나 몽둥이로 몰아낼 터이니, 내가 어찌해야 하겠는가? 나를 증명할 만한 문서도 없으니 관청에 가서 소송한들 어쩌겠는가. 비유하자면 내가 꿈을 꾸는 것과 같아서, 내 꿈은 나만이 꿀 뿐 남들이 대신 꾸어 주지는 않으니 누가 내 꿈을 믿겠는가.”

박수무당이 또다시 큰 소리로 외쳤다.

“온몸이 덜덜 떨리는구나. 죄받을까 무섭다.”

그러더니 곧 무슨 자비심이라도 베푸는 듯 말하였다.

“네 말은 말말이 옳은 말이다. 그러니 너도 알다시피, 자손과 처첩이 잠시만 이별해 있어도 너를 알아보지 못하는데, 네가 그들을 연연해서 뭣하나. 서방에 한 나라가 있으니 지상천국이다. 네가 고행하여 수양을 혹독하게 하면, 그 나라에 왕생하여 삼재에서 벗어나고 뼈가 줄칼에 쓸려 가루가 되고 육신이 뜨거운 불에 타는 지옥의 형벌을 면할 것이니, 그러면 부처가 되는데, 이래도 마다할 텐가?”

나는 또 마다하였다.

“그것도 하나의 망상이다. 네가 왕생이라 한 바대로 이승에서는 죽은 셈이다. 그렇다면 이미 ‘다비’를 하여 뼛가루를 날려버린 판이니 형체가 없는데, 어찌 줄칼에 쓸려 불에 타 죽을 수 있겠으며 어찌 또 형

눈물은 배우는 게 아니다

벌까지를 면하고 자시고 한단 말인가. 하물며, 세상 즐거움을 포기하고 각고의 고행을 하면서 죽은 후에 올 내세를 기다린다고 하지만, 깜깜하고 아득한 그곳이 극락임을 누가 알겠나? 만약에 내세가 극락임을 안다 치면 어째서 이승에서는 전생을 모르는가?"

이 이야기를 듣고 어떤 사람이 말하였다.

"설마 진짜 신선이나 부처를 두고 말한 건 아닐 거야. 신선은 신령스럽고 부처는 지혜로운 존재인데 앵무새가 그러한 본성을 지녔다나 뭐라나. 그래서 박수무당이 신령한데다 지혜롭기까지 하다는 앵무새의 입을 빌려 자네 운을 점친 모양인데, 아마도 그대의 문장이 날로달로 진보될 것이네."

아! 그 일이 있은 후로 18년이 지났는데 나의 도덕은 날이 갈수록 졸렬해지고 문장은 조금도 진보되지 못했으며, 어리석은 마음과 망상은 꿈을 꿀 때나 안 꿀 때나 매일반이다. 지금 이 『녹앵무경』을 보니 앵무새의 둥근 혀와 갈라진 발가락이 완연히 꿈에서 본 것 같다. 신령한 본성으로 신묘하게 알아듣고 지혜로운 말이 구슬 구르듯 하여, 신선의 신령함과 부처의 지혜로움을 다했다 할 것이다. 아마도 박수무당의 해몽은 바로 이러한 글의 마력을 가리키는 말이리라.

노인성

'엇? 내 몸이 심양성 안에 있구나.'

궁궐 성지 여염집 저잣거리들이 눈부시게 번화하고 정신 사납도록 화려하다.

'여기가 이토록 장관일 줄은 미처 몰랐네그려. 얼른 집에 돌아가서 자랑해야지.'

나는 드디어 훨훨 날아가기 시작하였다. 산이며 물이며 모두가 내 발아래 펼쳐지고, 나는 마치 솔개처럼 날쌔게 창공을 가른다. 눈 깜박할 사이에 야곡(서울 시내 서북방에 있던 동네 이름으로, 연암이 오랫동안 살던 곳) 옛 집에 이르러 안방 남창 밑에 앉았다. 형님이 물으셨다.

"심양이 어떻더냐?"

"듣던 것보다 훨씬 낫더이다."

그리고는 그 아름다움 이모저모를 설명하느라고 쉼 없이 떠들어댔다. 그러다 문득 남쪽 담장 밖을 내다보니 회나무 가지 위로 큰 별 하

눈물은 배우는 게 아니다

나가 보였다. 유별스레 반짝이는 별을 바라보며 형님께 여쭈었다.

"형님, 저 별을 아십니까?"

"글쎄, 잘 모르겠구나. 이름이 뭘까?"

"저게 바로 노인성(남극성)입니다."

그러고 일어나 형님께 절을 올렸다.

"제가 잠시 집에 온 까닭은 심양 이야기를 형님께 상세히 해드리고 싶어서였습니다. 이제 이야기를 마쳤으니 다시 여행길을 따라가야겠군요."

안문을 나와서 마루를 지나 바깥사랑문을 열어젖혔다. 머리를 돌려 북쪽을 바라보니 길마재 여러 봉우리가 눈앞에 또렷하였다. 그제야 퍼뜩 깨달았다. 이렇게 멍청할 수가! 나 혼자 어떻게 책문을 들어간담? 여기서 책문이 일천여 리는 되는데, 아이고, 누가 나를 기다려줄꼬…… 커다란 소리로 외치며 있는 힘을 다해 문을 열려고 했다. 그런데 문지도리가 하도 빡빡해서 도무지 열리지를 않는다. 큰 소리로 장복이를 부르는데, 소리가 목구멍에 걸려 빠져나오질 못한다. 그래도 힘껏 문을 밀어보는데, 누가 나를 불렀다.

"연암!"

정사가 나를 깨운 것이었다. 나는 비몽사몽간에 물었다.

"여기가 어디요?"

붓으로
말을 하다

도화동 복사꽃 아래서

대체로 꽃이 피고 이우는 것은 비바람이 좌지우지한다. 그러고 보면 비바람은 바로 꽃의 조맹趙孟(『맹자』에 "조맹이 귀하게 해 준 것은 조맹이 천하게 할 수 있다."에서 나온 말로, 비바람이 꽃을 피게 할 수도 있고 떨어지게 할 수도 있음을 비유함)이다.

필운동에서 살구꽃놀이를 할 때는 이 골짝 복사꽃이 열흘 안에 필 줄을 어찌 알았겠는가. 이제 필운동에 놀던 사람들이 모두 다 이 골짜기로 왔으니, 비유컨대 위기후의 빈객들이 무안후를 섬기자고 떠난 것과 같다(한나라 무제 때에 '위기후' 두영의 권세가 약해지고 '무안후' 전분의 권세가 강해지자 권세를 좇는 사람들이 모두 무안후에게 가서 붙었다. 이 글에서 위기후는 살구꽃에 해당하고, 무안후는 복사꽃에 해당한다). 어찌 나면서부터 고귀한 대접을 받는 복사꽃에 한을 품지 않을 수 있겠는가. 유몽득의 현도관(몽득은 당나라 시인 유우석의 자이고, 현도관은 장안에 있던 도교사원이다. 유우

석의 '꽃구경하는 군자들에게 장난삼아 지어 주다'라는 시에서 "현도관 안의 복사나무 천 그루, 모두 내가 떠난 후에 심은 것이로세."라고 한 구절에서 나온 말이다)도 마땅히 이와 같다고 보아진다.

기쁨과 성냄과 슬픔과 즐거움의 감정이 발하지 않음을 '중中'이라 이르고, 발하여 앞뒤가 들어맞음을 '화和'라 이른다. '화'란 하늘땅 사이에 자욱한 기운이 크고 넓게 퍼지는 현상으로써, 한 군데도 끊어지지 않고 한 모퉁이도 모자람 없이 온 누리에 비치는 따뜻한 햇살과도 같다. 지금 이 골짜기로 와 보니 충만하고 성대하여 '중화'의 기운이 무성하다. 한 나무도 복숭아나무 아닌 게 없고 한 가지도 꽃이 안 핀 데가 없다. 빼어나게 환하고도 온후하여 나도 모르는 새 마음이 가라앉으며 기분도 평온해진다. 상황이 이쯤에 이르렀는데 어찌 평소의 편벽된 성품이 누그러지지 않을 수 있겠는가. 고경일高景逸의 우정郵亭(경일은 명나라 때의 학자요 정치가이며 동림당의 영수였던 고반룡(高攀龍 : 1562~1626)의 호이다. '우정'이라는 복사꽃 시가 있는 듯하다)도 마땅히 이와 같이 보아야 할 것이다.

언덕 위에서 사람들이 무리지어 노래하고 웃으며 즐기고 있다.

술 취한 사람 하나가 느닷없이 통곡을 하는데, 말끝마다 제 어미를 불러대고 있었다. 구경꾼이 에워쌌으나, 얼굴에는 부끄러운 기색도

눈물은 배우는 게 아니다

하나 없이 거듭 흐느끼는 소리는 곡조와 박자가 딱딱 들어맞았다. 아마도 우는 데 몰입해 있는 까닭에 자연스러운 가락이 되어 나온 모양이다. 저 사람이 복사꽃을 보고서 어머니 생각이 났는가 싶겠지만 아니다. 계절과 사물에 감정이 복받쳐 저절로 슬픔이 일어났는가 싶겠지만 그도 아니다. 또 지극한 효자라서 장소 막론하고 어머니를 떠올리며 불러대는가도 싶겠지만 역시 아니다. 이는 모두 구경하는 이들의 억측일 뿐, 취해서 통곡하는 저 사람의 진정은 아니다. 도대체 무슨 일로 통곡하고 있는지를 저 사람에게 물어보아야만 알 수 있겠다. 아난阿難(석가의 10대 제자 중 한 사람)이 오묘한 이치를 깨닫고 미소 지은 까닭도 마땅히 이와 같은 이치라고 여겨진다.

이날 '경부'가 특히 많이 취하여 '사언'의 나귀를 거꾸로 타고 소나무 사이를 어지러이 달렸고, '일여'(김사희의 자이다. 김사희는 이덕구와 친하여 그가 만든 '윤회매'를 사 주었다고 한다)의 무리는 그 좌우에서 소리치고 둘러싸는 등 웃고 즐겼으며, 무관(이덕무)과 혜보(유득공) 또한 크게 취하여 너털웃음이 그칠 줄을 몰랐다. 가히 실컷 마시고 크게 취했다고 하겠으니 즐거움의 극치이다. 그러나 해가 저물자 서로들 손에 손을 잡고 돌아갈 길을 재촉하는데, 단 한 사람도 복사꽃 밑에 퍼질러 자는 이는 없었다.

아, 슬프다! 어부가 나루터를 찾지 못한 이유도 마땅히 이와 같지(도

잠의 '도화원기'에 전하는 이야기이다) 않겠는가.

마침내 관도도인(연암 박지원)이 게(게타偈陀 또는 가타伽陀라고 하며, 불덕을 찬미하고 교리를 서술한 시詩)를 지었노라.

> 내 처음 복사꽃 빛깔을 보았더니
>
> 발끈 성을 낸 모습 기운생동이었네
>
> 속에 지닌 복사꽃 향기
>
> 바람에 실린 채로 사람에게 다가오는데
>
> 꽃망울은 팥알만한 불상 같고
>
> 뒤집힌 잎사귀는 느슨해진 활 같았네
>
> 향기고 빛깔이고 형체에 더부살이했을 뿐
>
> 생명력 돌고 돌아서 허공으로 사라지네.

이 시는 조선의 국풍이다

'자패'가 이덕무의 시를 놓고 말했다.

"비속하도다! 무관(이덕무)의 시 짓는 솜씨여! 옛사람의 시를 배웠음에도 그와 비슷하지도 않구나. 같은 글이라곤 털끝만큼도 없으니 어찌 그 소리인들 비슷할 수 있겠는가? 야인의 비루한 수준에 주저앉아 시속의 자질구레한 글이나 즐기고 있으니, 이것은 오늘날의 시이지 옛날의 시는 아니다."

나는 이 말을 듣고서 크게 기뻐하여 말했다.

"이것이야말로 살펴볼만한 글이다. 옛날사람 입장에 서서 지금의 글을 본다면 지금 이 글이 사실 비속하게 여겨질 수도 있지만, 그러나 옛사람 당사자도 자신의 글이 반드시 예스럽다고 생각하지는 않았을 거다. 시를 살펴보던 그 사람의 입장이 그때로서는 바로 '오늘날'의 사람이었으니까."(예컨대, 우리 시조로써 보자면 다음과 같은 설명을 할 수 있다. 어떤 사람들은 시조는 옛 투로 지어야만 되는 줄로 알고 있는데, 잘못이다. 시조의 '시'

는 시간을 가리키는 시時로써 시절가時節歌라고도 한다. 바로 그 시절을 노래한 것이라야 '시조답다'는 말인데, 현대를 살고 있는 우리가 시조를 지으면서 고풍스러운 시어를 사용한다면 그것은 이미 시조가 아니게 된다. 그러므로 옛적의 시인들이 바로 그 당시의 첨단언어로 시를 지었듯이, 현대의 시조시인 역시 가장 현대적인 언어로 시조를 지어야 한다. 공교롭게도, 이덕무의 『영처고』에 있는 시를 풀어보면 전부 시조이되 평시조 풍을 벗어난 사설시조조이다)

세월이 도도히 흘러감에 따라 풍속을 주제로 한 노래도 그때그때 변하는 법이다. 아침에 술을 마시던 사람이 저녁에는 그 자리를 떠나고 없으니, 천만년 세월이 이제로부터 옛것이 된다.

그렇다면 '요즘'은 '옛날'의 상대어요, '비슷하다'는 것은 '이것'과 '저것'을 비교할 때 쓰는 말이다. 대개 '비슷하다'고 말하지만 그야말로 비슷하기만 할 뿐 '이것'은 이것이고 '저것'은 그대로 저것이다. 아무리 모방한다 해도 이것이 저것이 되지는 않는다. 나는 이것이 저것과 일치하는 것을 아직껏 못 보았다.

종이가 하얗다고 해서 먹이 덩달아 희어질 수는 없으며, 초상화가 아무리 실물과 닮았다 하더라도 그림이 말을 할 수는 없는 노릇이다.

서울 남산 서편 기슭에 있던 기우제 지내던 우사단 아래 도저동에 푸른 기와로 이은 사당이 있고, 그 안에 얼굴이 붉고 수염을 길게 드리운 이가 모셔져 있으니 영락없는 관운장이다. 사람들이 학질에 걸리면 그 단상 밑에 얼굴을 들이대는데, 정신이 아찔하고 혼비백산하게 된다. 그래서 덜덜 떨리던 한기가 싹 달아나고 만다나 뭐라나. 하지만 어린아이들은 아무런 무서움도 없이 그 위엄스런 형상에게 무례한 짓을 해대는데, 관운장은 눈동자를 아무리 후벼 파도 눈을 깜박이지 않고, 콧구멍을 암만 간질여도 재채기를 하지 않는다. 미상불, 덩그러니 앉혀놓은 진흙인형에 불과하기 때문이다.

수박을 겉만 핥고 후추를 통째로 삼키는 자와는 맛에 대한 이야기가 통하지 않으며, 이웃 사람의 담비 갖옷이 부러운 나머지 한여름에 빌려 입는 자와는 계절에 대한 이야기가 안 통한다. 관운장의 형상을 제아무리 그럴듯하게 꾸며놓았더라도 진솔한 어린아이의 눈은 속일 수가 없다.

대개 시대와 풍속을 걱정하고 가슴 아파한 사람으로는 역사상 굴원 (BC. 343?~283?)만한 사람이 없는데, 그는 초나라 풍속이 귀신을 숭상했기 때문에 귀신을 노래한 구가(태일신인 동황태일·구름신인 운중군·상수의 신인 상군·아황과 여영의 상부인 등 귀신들을 노래한 11수)를 지었다. 유방은 한나라를 세울 때에 진나라의 옛것에 의거하여 진나라의 땅에서 황제가 되었고, 따라서 진나라의 성읍에다 도읍을 정하고 진나라 백성을 자기 백성으로 삼았다. 그러나 약법삼장(유방은 진나라 수도 함양을 함락한 뒤, 진나라의 가혹하고 번다한 법률 대신 삼장三章, 즉 살인자는 죽이고 상해자와 도

적은 처벌한다는 세 가지 법만을 시행하겠다고 약속하였다)에 있어서는 진나라의 법을 따르지 않았다.

지금 이덕무는 조선 사람이다. 산천과 기후가 중국과는 다르고 언어와 풍속도 한나라 당나라 시대와 다르다. 그런데도 만약 중국의 작법을 본뜨고 문체를 한나라 당나라 식으로 따라한다면, 그 작법이 고상하면 할수록 그 내용이 실로 보잘것없어진다. 문체가 비슷하면 할수록 그 표현이 더욱 거짓되기 마련인데, 비슷한 것은 가짜이기 때문이다.

우리나라가 비록 구석진 나라이기는 하나 이 역시 큰 나라 제후의 나라요, 신라와 고려가 비록 너무 검소하여 야박하기는 하나 민간에 아름다운 풍속이 많았다. 방언을 문자로 적고 민요에다 운을 달면 자연히 문장이 되어 그 속에서 '참다운 이치'가 발현된다. 따라 하기를 일삼지 않고 빌려 오지도 않으며, 차분히 현재에 임하여 눈앞의 삼라만상을 마주 대하니, 이 시야말로 바로 그러하다.

아, 슬프다. 『시경』에 수록된 삼백 편의 시는 새 · 짐승 · 풀 · 나무의 이름을 들지 않은 것이 없고, 일반 남녀가 나눈 말들을 기록한 것에 불과하다(주자는 '시집전서'에서 『시경』의 '국풍'은 일반서민의 가요에서 나온 것이 많으며, 남녀가 함께 각자의 감정을 노래한 것이라 하였다).

'패국'과 '회국' 사이에서도 땅마다 풍속이 같지 않으며, '강수'와

눈물은 배우는 게 아니다

'한수' 유역에서도 백성들의 습속은 각기 다른 법이다. 시를 차록하는 사람은 각 나라 지방에서 전해오는 노래를 구하여 그 백성들의 성격이나 정서를 살피는데, 풍속을 파악하기 위함이다. 따라서 이덕무의 이 시가 예스럽지 않은 점에 대해서는 두 번 다시 거론할 필요가 없다. 만약 성인이 중국에 다시 나서 여러 나라의 국풍을 관찰한다면, 이 『영처고』를 살펴봄으로써 우리나라의 새·짐승·풀·나무의 이름을 많이 알게 될 것이다. 더불어 강원도 남녀의 성정은 어떠했으며, 제주도 남녀의 성정은 또 어떠했는가도 살필 수 있겠다. 하므로 이 시를 '조선의 국풍'이라 불러도 손색없으리라 여겨진다.

말똥구리 '낭' 둥글 '환'

자무와 자혜가 밖에 나가 노니다가 비단옷을 입은 소경을 보았다. 자혜가 서글피 한숨지으며 말했다.

"아이고, 자기 몸에 지녔으면서도 제 눈으로 못 보는구나."

자무가 말했다.

"비단옷 입고 밤길을 걷는 자와 비교한다면 어느 편이 나을까?"

(항우가 진시황의 아방궁을 함락하고 나서 "부귀한 뒤에 고향에 돌아가지 않는 것은 비단옷 입고 밤길을 걷는 것과 같으니, 누가 알아줄 것인가"라고 하였다)

마침내 청허聽虛 선생에게 함께 가서 물어보았으나 선생이 손을 내저었다.

"나도 모르겠네, 나도 몰라."

옛날에 황희정승이 공무를 마치고 집에 돌아오자 그 딸이 맞이하며 물었다.

"아버님 '이'는 어디서 생기는 건가요? 옷에서 생기지요?"

"그렇단다."

딸이 좋아라하였다.

"확실히 내가 이겼지?"

다음엔 며느리가 물었다.

"아버님, 이는 살에서 생기는 거죠?"

"그럼, 그렇고말고."

며느리도 기뻐하였다.

"아버님께서 내 말을 옳다 하시네요."

이를 보던 부인이 짐짓 화난 표정으로 따졌다.

"그러시면 누가 대감더러 슬기롭다고 하겠소. 송사를 하는 마당에 두 쪽을 모두 옳다 하시니."

정승이 딸아이와 며느리를 불렀다.

"이리들 오너라."

둘이 나란히 앉자, 정승은 빙그레 웃으며 설명하였다.

"본래 이라는 벌레는 살이 아니면 생기지 않고, 옷이 아니면 붙어 있지를 못한다. 그러니 두 말이 다 옳으니라. 그러하나 장롱에 넣어둔 옷에도 이가 있고, 너희들이 옷을 벗고 있는데도 가려울 때가 있는데 이가 있어 그렇다. 땀 기운이 무럭무럭 나고 옷에 먹인 풀 기운이 푹 푹 찌는 가운데, 떨어져 있지도 않고 붙어 있지도 않은, 옷과 살의 중간지점에서 이가 생기느니라."

백호 임제(1549~1587)가 말을 타려 하자 종놈이 나서며 나불거렸다.

"나으리께서 취하셨군요. 한쪽에는 가죽신을 신고, 다른 한쪽에는 짚신을 신으셨으니."

백호가 시치미를 떼고서 종놈을 꾸짖었다.

"길 오른쪽으로 지나가는 사람들은 나를 보고 가죽신을 신었다 할 것이요, 길 왼쪽으로 지나가는 사람들은 나를 보고 짚신을 신었다 할 것이다. 뭐가 그리 걱정이냐?"

이와 같이, 발은 눈에 가장 잘 띄는 부분이기는 하나 보는 방향이 다르면 그 사람이 가죽신을 신었는지 짚신을 신었는지 분간하기가 어렵다.

그러므로 참되고 올바른 식견은 진실로 옳다고 여기는 것과 그르다고 여기는 것의 중간에 있다. 예를 들어 땀에서 이가 생기는 것은 지극히 은밀하고 작아서 살피기 어렵지만, 본디 옷과 살 사이에는 공간이 있는 법. 떨어져 있지도 않고 붙어 있지도 않으며, 오른쪽도 아니고 왼쪽도 아닌 지점이니, 누가 그 '중간'을 알 수 있겠는가.

말똥구리는 자신의 말똥을 아끼고 여룡(턱 밑에 여의주를 가진 용)의 구슬을 부러워하지 않으며, 여룡 또한 자신에게 구슬이 있다 하여 '말똥구리의 말똥'을 비웃지 않는다.

자패가 이 말을 듣고는 기뻐하였다.

"아하, 시집 제목으로 말똥구리 낭(蜋)에 둥글 환(丸)이 좋겠다."

그러고는 드디어 자기 시집 이름을 『낭환집』이라 붙이고는 나에게 서문을 지어 달라고 부탁하였다. 그래서 내가 자패에게 말하였다.

"옛날 한나라 때 요동사람 '정령위'가 신선이 된지 천 년 만에 학이 되어 고향엘 찾아가 무덤 앞 돌기둥에 앉아있는데, 그걸 모르고 한 젊은이가 활로 쏘려고 하는지라 탄식하며 고향을 떠날 수밖에 없었다고 한다. 이것이 바로 비단옷 입고 밤길을 걷는 격이 아니겠는가. 『태현경』이 크게 유행하였어도 이 책을 지은 자운(양웅)은 막상 이를 보지 못하였으니, 이것이 바로 소경이 비단옷을 입은 격 아니겠는가. 이 시집을 보고서 한편에서 여룡의 구슬이라 여긴다면 그대의 가죽신을 본 셈이요, 한편에서 말똥으로만 여긴다면 그대의 짚신을 본 셈이리라. 남들이 그대의 시를 알아보지 못한다면 이는 마치 정령위가 학이 된 격이요, 그대의 시가 크게 유행할 날을 스스로 보지 못한다면 이는 자운이 『태현경』을 지은 격이리라. 여룡의 구슬이 나은지 말똥구리의 말똥이 나은지는 오직 청허선생만이 알고 계실 터이니 내가 뭐라 말하겠는가."

석록빛깔로 반짝이는 까마귀

　달관한 사람에게는 괴이한 것이 드물지라도 속인들에게는 의심스러운 것이 수두룩하다. '본 것이 적으면 괴이하게 여기는 것이 많다'는 말이다.

　달관한 사람이라고 어찌 사물마다 일일이 찾아 꼭 눈으로 확인했겠는가. 그는 한 가지를 들으면 열 가지를 눈앞에 그려보고, 열 가지를 보면 백 가지를 마음속에 그려본다. 그래서 천만 가지 괴기한 것들이란 도리어 사물에 잠시 붙은 것이되 자기 자신에게는 영향을 끼치지 않음을 안다. 따라서 마음이 한가로워지고 사물에 응수함이 무궁무진해진다.

　본 것이 적은 자는 해오라기를 기준으로 까마귀를 비웃고 오리를 기준으로 학을 위태롭다고 여긴다. 그 사물 자체는 본디 괴이할 것이 없는데 도대체, 저 혼자 화를 내는 둥 한 가지라도 제 생각과 다르면 만물을 뭉뚱그려 모함하려 든다.

눈물은 배우는 게 아니다

아, 저 까마귀를 보라. 그 깃털보다 더 검은 것이 없다. 그런데도 홀
연 젖빛 흐르는 금빛깔이 번지는가 하면 다시 석록빛깔로 반짝이기도
하고, 해가 비추면 자줏빛이 튀어 올라 눈에 어른거리다가 비췻빛으
로도 바뀐다. 그렇다면 내가 저 새를 '푸른 까마귀'라 불러도 될 게고,
'붉은 까마귀'라 불러도 무방하지 않겠는가. 저 새에게는 본래 일정한
빛깔이 없었으니 내가 눈으로 먼저 그 빛깔을 정했기 때문이다. 어째
서 눈으로만 정했으랴. 보기 전에 먼저 마음으로 정했지 않은가.

까마귀를 그저 검은색이라고만 해도 충분한데 또다시 까마귀로써
천하의 모든 색깔을 묶어두려 하느냐고? 까마귀가 정말 검기는 하다.
푸른빛과 붉은빛이 그 검은 색깔 안에 들어 있었던 줄을 누가 알았으
랴. 그러나 검은 물체를 일러 '어둡다' 함은 비단 까마귀 색깔만 알지
못해서가 아니라 검은 빛깔이 무엇인지조차도 몰라서이다. 물은 검기
에 능히 비출 수가 있고, 옻칠도 검기에 능히 거울이 됨을 모르기 때문
이다. 반드시, 빛깔이 있는 모든 사물에는 빛이 들어가 있기 마련이며,
형체가 있는 모든 물체에도 맵시가 있기 마련이다.

미인을 관찰해 보면 시를 이해할 수 있다.

그녀가 고개를 나직이 숙이고 있으면 부끄러워한다는 표현이그, 턱
을 고이고 있으면 뭔가 한스러워한다는 표현이고, 홀로 서 있으견 누
군가를 그리워하고 있다는 표현이며, 눈썹을 찌푸리고 있으면 시름에

잠겨 있다는 표현이다. 뭔가를 기다린다면 난간 아래 서 있는 모습을 보여주고, 뭔가를 바란다면 파초 아래 서 있는 모습을 보여준다. 만약 그녀더러 서 있는 자세가 재계(제를 올릴 때에 몸가짐을 깨끗하고 단정하게 하는 것)하듯 깔끔하지 않다거나 앉아 있는 모습이 소상(찰흙으로 만든 사람의 형상)같은 부동자세가 아니라고 나무란다면, 이는 양귀비더러 이를 앓는다고 꾸짖거나 번희더러 쪽을 감싸 쥐지 말라는 것(번희는 후한 때 사람으로 영현의 애첩이었던 번통덕을 가리킨다. 영현이 번희에게 조비연의 고사를 이야기하자, 번희가 손으로 쪽을 감싸 쥐고 서글피 울었다고 한다)이나 마찬가지며, '사뿐대는 걸음걸이'를 요염하다고 희롱하거나 손바닥춤을 경쾌하다고 꾸짖는 것과 같은 격이다.

나의 조카 종선(1759~1819. 연암의 삼종형 박명원의 서장자로 규장각 검서를 지냈다)은 자가 '계지'인데 시를 잘하였다. 한 가지 법에 얽매이지 않고 온갖 시 기법을 두루 갖추어, 우뚝이 동방의 대가가 되었다. 성당시대 시인가 하고 보면 어느새 한위시대 시를 닮아있고 또 어느새 송명시대 시를 닮아있다. 단연코 '송명시대 시야.'라고 하자마자 다시 성당시대 시 형체로 돌아간다.

아, 세상 사람들이 까마귀를 비웃고 학을 위태롭게 여기는 것이 너무도 심하건만, 계지의 정원에 있는 까마귀는 홀연히 푸르렀다 홀연히 붉었다 하고, 세상 사람들이 미인으로 하여금 재계하는 모습이나 소상처럼 만들려고 하지만, 손바닥춤이나 사뿐대는 걸음걸이는 날이

눈물은 배우는 게 아니다

갈수록 경쾌하고 요염해지며, 쪽을 감싸 쥐거나 이를 앓는 모습에도 제가끔 맵시를 갖추고 있으니, 그네들이 날이 갈수록 찡그리고 있다 해서 이상하다고 여길 필요가 없다. 세상에 달관한 사람은 적고 속인들만 많으니 입을 다물고 말을 말아야겠다. 그러나 쉼 없이 말을 하게 되는 까닭은 어째서일까? 아아!

지구는 정말 둥글게 도는가?

내가 머리를 끄덕이며 꼼꼼히 적어갔다.

"하늘이 만든 것치고 모난 것은 없다고 생각됩니다. 예컨대 저 모기 다리·누에 궁둥이·빗방울·눈물·침 등을 보더라도 세상에 둥글지 않은 것은 없지요. 저 산하와 대지와 일월성신도 모두 하늘이 만든 거겠으나, 아직 모난 별이 있다는 말은 못 들었습니다. 나로선 서양 책이라곤 읽어본 적이 없지만, 일찍이 지구가 둥근 것은 의심할 나위없다고 생각해 왔지요. 헌데 대체로 꼴은 둥글어도 그 덕은 모가 나는 법입니다. 그의 만들어내는 것은 움직임에 있으나 그 성정은 고요함에 있는 것이니, 만일 조물주로 하여금 이 땅덩이를 편안히 한 곳에 정착시켜 놓고, 움직이지도, 구르지도 못한 채 우두커니 저 공중에 매달려 있게만 한다면, 이는 곧 썩은 물, 죽은 흙이 될 게 뻔합니다. 어찌 저다지 오랫동안 한 곳에 멈추어서 허다한 물건을 지고 싣고 있으며, 황하나 한수처럼 큰물들을 담고서도 물샐 틈이 없겠습니까? 그러

눈물은 배우는 게 아니다

면 이 지구는 면면마다 구역이 열리고, 군데군데 발을 붙여서, ᄒᆞ늘로 머리 솟고 땅에 발을 디딘 모습이 바로 우리 모습과 다름없으리라 생각됩니다. ……그런데 서양인들이 진작 땅덩어리가 둥글다는 걸 인정했으면서도 지구가 구르는 데 대해서는 말한 바 없습니다. 땅덩어리가 둥근 줄은 알면서 둥근 것은 반드시 구르게 되어있다는 간단한 이치를 몰랐던 까닭이지요. 그러니 저는 지구가 한 번 구르면 하루가 되고, 달이 한 번 이 지구를 돌아가면 한 달이 되며, 이 지구가 해를 한 번 돌아가면 한 해가 되고, 세성(목성의 다른 이름)이 한 번 지구를 돌아가면 1기(12년)가 되며, 항성(천구상에서 서로의 위치를 거의 바꾸지 않그서 별자리를 이루는 낱낱의 별. 스스로 빛을 내며, 태양도 그 중의 하나)이 한 번 지구를 돌아가면 1회(1만8백년)가 된다고 생각했던 것입니다. 뿐만 아니라 저 고양이의 눈을 보고 지구가 돈다는 이치를 증명할 수도 있겠습니다. 고양이의 눈동자가 열두 시각을 따라 변화를 하니, 그 한 번 변하는 순간에 땅덩어리는 벌써 칠천여 리나 달리는 셈입니다."

"이야말로 토끼 주둥이에 달린 건곤이요, 고양이 눈에 돌아가는 천지라고 이를만하군요."

내 글에 지정이 토를 달아놓곤 크게 껄껄대었다. 그래서 나는 그 웃음에 물을 끼얹기라도 할 것 같은 기세로 붓을 힘차게 휘둘렀다.

"우리나라 근세 선배에 김석문이라는 분이 있는데, 그가 처음으로 해와 달과 지구가 각각 둥글다는 '삼환설'을 내세웠습니다. 제 벗 홍대용은 지구가 돈다는 '지전설'을 창안했고요."

그러자 혹정이 문득 붓을 멈추고 지정을 향해 무어라 하는데 마치 '홍'의 자와 호를 말하는 듯했다. 아니나 다를까, 지정이 이렇게 썼다.

"담헌선생은 곧 김석문 선생의 제자입니까?"

웃음이 나왔다.

"아닙니다."

나는 손을 젓고 나서 해설했다.

"김석문 선생은 돌아가신 지가 벌써 백년이나 되었으니 서로 가르치고 배우고 할 터수가 못됩니다."

"김 선생의 자와 호는 무엇이며 저서는 몇 편이나 있는지요?"

혹정이 부쩍 달아올라서는 채근했다.

"그의 자와 호는 모두 기억하지 못합니다. 게다가 김석문 선생은 그에 대한 저서도 없습니다. 홍도 마찬가지고요. 다만 제가 일찍이 그(홍대용)의 지전설을 깊이 믿었기에 나에게 자기를 대신하여 책을 만들기를 권했던 일은 있습니다. 내가 국내에 있을 때 그럭저럭 세월 죽이느라 못하였는데, 어제저녁 우연히 기공과 함께 달을 구경하다가 친구 생각이 났던 것입니다. ……대체로 서양인들이 지구가 돈다는 점을 말하지 않은 것은 제가 생각하건대 이렇습니다. 그들의 생각에는 땅덩어리가 한 번 구른다면 모든 게 뒤집힐 것이므로 그야말로 추측하기 어려웠을 겁니다. 이 땅덩어리를 붙들어서 한 곳에다 안정시켜 놓아야만 마치 말뚝을 꽂은 듯 측량하기 편리하리라는 것 아니겠습니까."

나는 너무 우스워서 배꼽이 떨어져 나갈 것 같은데도 혹정은 자못 심각하여 머리를 끄덕끄덕하였다.

"호오, 그렇군요. 저는 본래 이러한 학문에는 어두웠습니다만, 역시 한두 가지 엿본 것이 있긴 하지요. 그러다가 요즘은 마치 일곱 잔 차를 마신 것처럼(당나라 시인 '노동'이 지은 시의 '칠완다흘부득'이라는 구절에서 나왔는데, 도저히 불가능하다는 말) 포기하고 되도록이면 쓸데없는 데에 시간을 허비하지 않고 있습니다. 그런데 이제 선생의 말씀은 저 서양인들이 발명한 것도 아닌 만큼 저는 감히 꼭 그렇다고 하기도 어렵거니와, 역시 감히 그르다고 배격하기도 어렵습니다. 하지만 선생의 이론은 몹시 정묘하고 긴요하여 마치 고려산 '송납' 꿰매는 바늘구멍 같습니다. 그 선과 길에 뚫린 바늘구멍이 하나하나 투명하군요."

그러자 지정이 새삼 물었다.

"어떤 것을 삼환이라 하고, 어떤 것을 하나의 작은 별이라 합니까?"

"삼환이란 곧 해와 지구와 달을 의미합니다. ……저 별은 해보다 크고 해는 지구보다 크며, 지구는 달보다 크다 하였습니다. 만일 그 말대로라면 저 공중에 가득 찬 별들은 모두 이 지구와는 상관이 없는 채, 다만 삼환이 서로 가까운 이웃에 있어서 그 둘이 땅덩어리의 사유물처럼 되자, 그의 이름을 '해'니 '달'이니 하였다는 것이지요. 해를 양이라 하고 달을 음이라 일컫되, 예를 들면 마치 어떤 살림집에서 동쪽

이웃에서 불을 빌리고 서쪽 집에서 물을 꾸는 것과 같은 이치지요. 저 공중에 가득히 박힌 별들에서 이 삼환을 본다면 저 태공에 얽혀 붙은 것이 저절로 자잘한 작은 별들에 지나지 않을 것임에도 불구하고, 우리들은 한 둘레의 물과 흙이 어울려 있는 곳에 앉아서 시야도 넓히지 못하고 생각에도 한계가 있으니, 망령되게 '열수'들로 '구주'에다 분배시킨 셈입니다. 저 구주가 사해 안에 있음이 마치 검은 사마귀가 사람 얼굴에 찍혀 있음과 무엇이 다르겠습니까? 이는 이른바 큰 못에 뚫린 작은 구멍이란 것 아니겠습니까? 별이 제각기 분야를 맡았다는 설이야말로(옛날 중국을 아홉 주로 나누어서 별마다 분야를 설정하였다) 어찌 의심스럽지 않겠습니까?"

지정은 워낙 이 말을 믿은 모양인지 '자잘한 작은 별들'이라는 구절에 이르러선 어지러울 정도로 여러 겹의 동그라미를 쳤다. 혹정도 다르지 않았다.

"이는 참으로 기이한 이론입니다그려."

혹정이 칭찬을 아끼지 않았다.

—「혹정필담」, 앞부분

눈물은 배우는 게 아니다

지구는 스스로 빛을 내는가?

내가 먼저 썼다.

"윤 대인께선 어제 손 접대에 몹시 괴로우신 모양이어서 제 마음이 불편하였습니다. 오늘은 시간이 괜찮을까요?"

혹정이 대답하였다.

"그런 게 아니라……. 윤공은 늘 한낮에 한참씩 졸게 마련입니다. 그래서 남들에게 그 꼴을 보이지 않으려 한 거라오. 결코 손님을 싫어해서가 아닐 겁니다. ……그런데 윤공은 어떤 사람으로 보이십니까?"

"그는 참 신선 같습니다. 선생은 그와 친한 지 오래 되었는지요?"

그리 되묻자 혹정도 답하고 물었다.

"다북쑥과 도리(도꼬마리)처럼 문벌과는 가는 길이 전혀 다르답니다. 요즘 벗한 지 겨우 십 여일 넘었는걸요. ……공자께서는 혹 기하 학문을 전공하셨습니까?"

"왜 그렇게 생각하십니까?"

"저 윗방에 든 기안사가 그럽디다. '고려 박공자(박지원)는 기하에 정통합디다. 박공자가 말하길, 달 가운데에 한 세계가 있다면 마땅히 이 땅(지구)과 같을 것이고, 땅이 저 공중에 걸려있으니 땅 역시 한 개의 작은 별에 지나지 않을 것이며, 게다가 땅 자체에서 빛이 생겨 달 가운데에 가득히 들었다고 하더이다.' 하고 말이지요. 이 이야기들은 모두 기이한 이론이고 온 천하를 경륜하여 다스릴 재주라고 아니 할 수 없겠습니다."

"솔직히 말하면, 저는 기하에 대한 글은 반쪽도 본 적이 없습니다. 요전 밤에 우연히 기공(기안사)과 함께 앞 청에서 달을 구경하고 있었는데, 기이한 흥취를 걷잡지 못하여 앞뒤분별도 없이 멋대로 지껄인 걸요……. 게다가 그 말은 저의 억측에서 나온 것이지, 결코 기하로써 풀어진 게 아닙니다."

그러자 혹정이 썼다.

"이렇게 겸손하실 필요까진 없어요. 땅의 빛에 대한 이론을 좀 들읍시다. 만일 우리가 사는 이 땅에 빛이 있다고 친다면 또 모르겠습니다만……. 땅은 햇빛을 받아서 빛이 나는 걸까요? 아니면 땅 자체에서 빛이 저절로 생기는 걸까요?"

내가 변명했다.

"마치 꿈결에 푸른 글씨로 쓴 부적을 읽은 것 같이, 지금은 벌써 까먹었습니다."

혹정이 하소연하는 표정으로 써내려갔다.

"저도 남몰래 발명한 것이 없지 않으나, 역시 남을 만나 발표하진 못했습니다. ……그래서 마치 무엇이 햇덩이처럼 가슴속에 뭉쳐 있어서 오래도록 소화가 되질 않고 있는데요, ……겨울이나 여름철에는 더욱 괴롭답니다. 선생도 이런 증세가 이루어지지나 않을까 걱정이 되는군요."

내가 다 겪은 바인지라, 명답을 내놓았다.

"그렇다면 다 깨뜨려 버립시다. 몇 해 동안 숙성되어 있는 종기이니 약을 쓰기 전에 낫게 하는 게 좋지 않겠습니까?"

"아니어요, 그렇지 않습니다."

나는 손을 저으며 웃었다.

"무슨 말이건 객이 먼저 꺼내진 못하는 법입니다."

얼마 아니 되어 밥상이 들어왔다. 그 차린 순서를 보니, 과실과 나물이 먼저 올랐다. 다음에는 떡, 다음다음에는 볶은 돼지고기와 지진 달걀 등이 오르고, 밥은 맨 뒤에 올랐다. 하얀 쌀밥에 양곱창 국이다.

'중국음식은 본래 젓가락만을 사용하고 숟가락은 아예 없나?'

권하거니 받거니 하며 작은 잔으로 기쁨을 나누면서 나는 내내 궁금했다. 우리나라에선 긴 숟갈로 밥을 다독다독 뭉쳐 한꺼번에 배불리고 곧 끝내는 법인데, 그렇지가 않았다. 가끔 작은 국자로서 극물을 떴을 뿐이다. 국자는 숟갈과 비슷하나 자루가 없어 마치 술잔 같았다. 그러나 또 발이 없어서 꼴은 연꽃 한 잎과 똑 닮았다. 나는 국자를 집어서 밥 한 술 떠보려 하였으나 도무지 그 밑이 깊어서 먹어지지가 않았다.

"빨리 월왕을 불러오시오."

그렇게 쓰고는 무심코 웃자, 같이 식사를 하던 '학지정'이 못 알아듣고 되셨다.

"무슨 말씀이시오?"

"월왕의 생김새란, 목이 썩 길고 입부리가 마치 까마귀처럼 길었다니까."

학지정이 웃음을 참느라고 고생깨나 한다. 그는 혹정의 손목을 붙들고서 입에 들었던 밥알을 내뿜으며 재채기를 해댄다. 그리고 이내 질문을 쓴다.

"귀국 풍속에는 밥을 뜰 때 무엇을 쓰십니까?"

"숟갈을 쓴답니다."

"그 꼴이 어떻게 생겼는지요?"

"작은 가지 잎 같습니다."

나는 탁자 위에다 숟갈, 아니 작은 가지 잎을 그려보였다. 그러자 둘은 와락 껴안고도 허리를 꺾으며 웃어댔다. 이윽고 두 사람이 번갈아가며 시를 한 수씩 썼다.

눈물은 배우는 게 아니다

지정 : 어떻게 생긴 가지 잎 숟갈이

　　　　저 혼돈한 구멍을 뚫어서 깨뜨렸던고

혹정 : 많고 적은 영웅 그이들 손이

　　　　젓가락 빌리느라고 얼마나 바빴으랴.

　　　장량이 한왕의 밥상 앞에서, "젓가락을 빌려 주시면 천하의 계책을 말씀
　　　드리겠습니다."라고 한 고사에서 온 말이다. 또 한편 유비와 조조가 영웅
　　　을 논하던 중에 조조가 유비를 영웅이라 지적하자, 유비가 손에 잡았던
　　　젓가락을 떨어뜨린 옛일이 있다. 혹정이 그 고사를 이끌어냄으로써, 우리
　　　나라 사람이 젓가락만으로 밥을 먹지 못함을 조롱하였다.

　나는 길게 썼다.

　"기장밥은 젓가락으로 먹질 않아요. 남과 함께 먹을 때에 손에 묻으면 안 되기 때문입니다. 그런데도 중국에 들어와선 숟갈을 구경하지 못하였습니다. 혹 중국에선 옛 사람들이 기장밥 자실 때에 손으로 훔쳐 자셨던가요?"

　혹정이 설명문을 썼다.

　"숟갈이 있긴 하지만 그다지 길진 않아요. 기장밥이고 쌀밥이고 우린 젓가락만 쓰는 게 관습이기도 하고요."

　내가 다른 이야기를 끄집어냈다.

"혹정 선생은 뱃속에 가득히 꾸불꾸불 뒤틀어져 있는 그 무엇을 끝내 해산하기 어려우신지요?"

"그게 무슨 말씀이오?"

"아까 말씀하시던 대경소괴의 탯덩이 말씀입니다."

혹정이 웃으면서 자기 나름대로 처방을 적었다.

"그 병에는 '도라면탕(한약의 일종)'을 쓰는 것이 가장 좋답니다."

지정이 토를 달았다.

"그야말로 우물우물해서 삼키시는군요."

이번엔 내가 토를 달았는데, 그 병에는 도라면탕이 소용없다는 뜻이다.

"이는 안기생(진나라 방사. 오이만한 대추를 먹고 신선이 되었다 한다)의 대추가 아니라면, 아마 위왕(전국시대 위나라 임금. 그가 닷 섬 들이 큰 바가지를 얻었으나 너무 커서 쓸 데가 없었다. 『남화경』에 나오는 말)의 고주박일 거요."

"그런 정도지요."

혹정이 껄껄 웃으며 수긍하기에 내가 그랬다.

"그러나 저는 온몸에 가려움증이 나서 배기질 못하겠소."

"그러시다면 어디서 마고(마고 할머니, 혹은 마고할망. 주로 무속신앙에서 받들어지며, 전설에 나오는 신선 할머니. 새의 발톱같이 긴 손톱을 가지고 있는 할머니로 알려져 있다. 옛말에 마고가 긴 손톱으로 가려운 데를 긁는다는 뜻으로, 바라던 일이 뜻대로 잘됨을 이르는 말로 마고소양이라 하는데 이때 한자로 '麻姑'라고 적듯이 예부터 전해오는 전설 속의 노파를 의미하기도 한다. 이처럼 한국의 전설과 설화에는 마고에 얽힌 신화가 많다. 세상을 만든 거대한 여신 마고의 이야기가 제주도를 비롯하여 전국에 산재해 있다. 엄청나게 거대한 마고가 움직이는 모양대로 산과 강, 바다, 섬, 성들이 만들어졌다는 전설이 내려오기도 한다. 박제상이 저술하였다고 알려져 있는 부도지에는 마고성과 함께 탄생한 한민족의 세상을 창조한 신으로 기록되어 있기도 하다. 그래서 단군과는 달리 한민족 창세 신화의 주인공으로 알려진 할미이다)의 손톱을 구해오라 그 말씀이오?"

지정이 다시 지구의 빛에 대한 설명을 요구하는 거였다.

"제가 그저 헛된 말씀을 드렸습니다. 선생께서도 부디 허망한 말로 넘겨주시오."

그러자 혹정이 묘하게 부추겼다.

"헛말로 넘기는 것도 뭐 해롭지 않을 거요."

그럼 좋다 싶어서 나는 일단 수수께끼를 냈다.

"낮이면 만물이 모두 환하게 뵈다가도, 밤이면 모두 깜깜해지고 안 보이게 되는 건 왜 그럴까요?"

혹정이 냉큼 받아 적었다.

"그거야 낮엔 햇빛을 받아서 밝은 것이지요."

"정답이오."

하고서 나는 길게 써내려갔다.

"모든 물건이 그 자체에서 밝음이 나오지 않는 걸로 보면, 그 본질은 어둡지 않은 것이 없습니다. 예컨대, 캄캄한 밤중에 거울을 대해보더라도 거울은 나무나 돌이나 다름없습니다. 빛을 받아들일 성격은 있지만 그 자체가 밝을 수 있는 바탕이 없기 때문이지요. 그러니 해를 빌린 연후에야 빛을 낼 수 있다는 게 맞습니다. 그 반사하는 곳에 도리어 밝은 그림자가 생기니, 물이 밝아짐도 역시 이와 같은 게 아니겠습니까. 그러니 지구의 바깥에 바다가 둘러져 있는 것은, 비유하자면 한 개의 큰 유리거울과 같습니다. 월세계에서 이 땅의 빛을 바라본다고 가정해봅시다. 그러면 거기서도 이쪽을 보고 현(상현달 · 하현달)이니 보름이니 그믐이니 초하루니 하게 될 겁니다. 해를 마주보는 이쪽 저쪽에는 큰물과 큰 땅덩이가 서로 잠기며 비춰지는 걸 겁니다. 그래서 해의 빛을 받아 반사되어 서로 바꾸어가며 밝은 그림자를 토하는 것이겠지요. 마치 저 달빛이 이 땅덩이에 고루 퍼져도 햇빛을 받지 못한 곳은 저절로 어두워지는 것과 같지요. 그래서 이 땅덩이는 반달이 되기 전의 초승달처럼 빈 넋 둘레만 걸려있게 되고, 그 흙의 깊은 곳이 마치 달 속의 검은 그림자처럼 엉성한 것이나 마찬가지 아니겠소?"

혹정이 엄청난 관심 선언과 동시에 짐짓 자신을 낮추었다.

"저 역시 예전에는 지구에 빛이 있다고 망령되이 생각했었소. 선생이 논하신 것과는 좀 다르지만."

"그야 생각이 반드시 같을 순 없지요. 선생의 고견을 읽고 싶네요."

지정이 혹정을 돌아보며 잇따라 몇 마디 말을 해쌓더니 간단히 적었다.

"산하의 그림자."

"그렇지 않아."

혹정이 머리를 흔들었다.

"무엇이 아니란 말이오?"

하고 내가 되묻자 혹정은 지정을 가리키며 정색하고 썼다.

"선생께서는 방금 지구의 빛을 설명하셨는데, 학공(지정)은 산하의 그림자로 잘못 안 까닭이오."

그래서 내가 또 길게 덧붙였다.

"불가의 설에 의하면, 저 달 가운데에서 마치 무엇이 춤추는 것처럼 보이는 게 바로 산하의 그림자라 하였소. 이는 곧 달은 한 둘레의 알맹이 없는 물체에 지나지 않아서 마치 거울이 물건을 비추듯 대지에 내리쬔다는 말이 아니겠습니까? 게다가 그들이 말하는 철요凸凹형 역시 산하의 높고 낮음으로써, 마치 그림의 부본처럼 떠올라 달 가운데에 물들었다는 식입니다. 이는 모두 땅과 달의 본분은 아니라고 생각됩니다. ……내가 말한 달 속의 세계란, 정말 한 개의 세계가 달에 있다는 게 아닙니다. 애당초 지구의 빛을 설명하려 하였으나, 어떤 곳에다 나타내야 할지 막막하여 달세계를 가설로 내놓았을 뿐이지요. 다시 말하자면, 달과 지구를 바꿔서 놓아보자는 것입니다. 만약 우리들이 달에서 지구를 본다면 역시 이 땅 위에서 저 달의 밝음을 바라보는 것과 똑같지 않을까 싶습니다.”

혹정이 동감하였다.

“옳습니다. 선생의 이 말씀은 명백히 알아들었소이다. 월중세계가 있다면 자연히 산하가 있겠고, 산하가 있다면 당연히 튀어나온 부분 들어간 부분이 있기 마련이지요. 멀리서 서로 바라본다면 으레 이런 철요 형태가 나타날 것입니다. 굳이 대지를 빌리지 않더라도 그 그림자는 나타날 테니까요. 그러나 지구의 빛에 대한 제 생각을 말한다면, 이는 햇빛을 빌려서가 아니라 지구 자체에 빛이 있다는 겁니다. 대체 물건이 크면 ‘신’이 그를 지키는 것이요, 물건이 오래 묵으면 정기가 어리는 법이니까요. 늙은 조개가 구슬 빛을 통하여 어둔 밤을 밝혀줌은 곧 신과 정기가 한 곳에 모인 까닭이 아니겠습니까? 그리고 땅덩이 야말로 참 크고도 오래 갈 수 있는 감공보주이니, 큼직한 신의 정기가 모여 저절로 빛이 나는 겁니다. 예를 든다면 저 도덕군자의 온화하고 양순한 마음이 쌓이고 쌓여서 그 영화가 겉으로 드러남과 같습니다. 그러고 보면 저 공중에 가득한 별이나 은하에는 모두 제 몸에서 나오는 빛이 있는 셈이지요.”

옆에서 글을 읽어가던 지정이 내가 쓴 ‘달에서 지구를 바라본다면’ 이라는 구절에 동그라미를 쳤다. 또 혹정이 쓴 ‘지구는 곧 감공보주’ 라는 구절에도 동그라미를 쳤다.

"두 분 선생께서는 한번 달나라에 가서서 항아낭랑에게 소송을 걸어 판결지어야 하겠습니다. 그때에는 아예 이 학성더러 증인이 되라 하십시오."

혹정 또한 지정이 쓴 '항아낭랑에게 소송을 걸라'는 구절에다 등그라미를 치고는 질문을 던졌다.

"달 가운데에 한 세계가 있다고 치고, 그러면 그 세계는 어떨 것 같습니까?"

내가 웃으며 응답하였다.

"아직 월궁에는 한 번도 구경 간 적이 없으니 그 세계를 어찌 알겠습니까만, 저 월세계를 상상해 볼 수는 있겠지요. 저기도 역시 어떤 사물이 쌓이고 모여서 한 덩이가 이룩되었을 것 같습니다. 마치 이 큰 땅덩이가 점점의 미진(모든 물질에 공통적으로 존재하는 물질의 최소단의)으로 이루어진 거나 마찬가지로 말이지요. 티끌과 티끌들이 서로 의지하되 티끌이 어린 것은 흙, 티끌이 터실터실한 것은 모래, 티끌이 판딴한 것은 돌, 그리고 티끌의 진액은 물이 되지 않겠습니까. 또 한편 티끌이 따스한 것은 불이 되고, 티끌이 맺힌 것은 쇠끝, 티끌이 무성한 것은 나무가 될 것이며, 티끌이 움직이면 바람이 되고, 티끌이 찌는 듯 기운이 침울해지면 모든 벌레가 되는 것입니다. ……우리 사람들은 곧 모든 벌레 중의 한 족속에 불과합니다. 만일 월세계가 '음'으로서 땅덩이가 되었다면 그 물은 곧 티끌, 그 눈은 곧 흙, 그 얼음은 곧 나무, 그

불은 곧 수정, 그 쇠끝은 곧 유리일 것이라 여겨집니다. 하지만 월세계가 반드시 이렇다는 건 아닙니다. 제가 비록 추상적으로 이런 명제를 설정했습니다만, 실로 그런 식으로 크나큰 물체가 이룩되어 그 덕은 햇빛에 비교하고, 그 몸은 해에 섞을 수 있다면, 어찌 기운이 모여서 벌레처럼 변화하지 않는다고 장담할 수 있겠습니까? 우리 인간이란 불에 들어가면 타버리고, 물에 빠지면 가라앉습니다. 그러나 역시 인간은 일찍이 불과 물을 떠나지 못하는 존재이니, 이로써 미루어본다면 우리가 물과 불 속에 살고 있다고 말하더라도 과언은 아닐 것 같습니다. 뿐만 아니라, 물속에 살고 있는 벌레가 다만 고기와 자라 종류만 있는 게 아니겠고, 또 벌레는 대개 비늘과 껍질치레이지만, 날개 돋친 놈도 있고 털이 입혀진 놈들도 있습니다. 저 물고기와 자라는 뭍에 놓는다면 죽어버릴 수밖에 없는 존재였으나, 때에 따라서는 깊이 진흙 속에 숨어있기도 하다는 것을 볼 때에, 어패류[인개鱗介] 또한 일찍이 흙을 떠나서는 없는 것 아니겠습니까? 그리고 저 직방(천하의 지도를 맡은 관원)이 소개한 외에 필시 몇 개의 세계가 이 우주 안에 더 있을 거라고 봅니다."

"저 서양인들이 기록한 바를 따르자면 말이지요."

지정이 나의 우주 이야기를 이 지구에만 한정시켜버린다.

"아마 구국·귀국·비두국·천흉국·기굉국·일목국 등의 여러 가지 기기괴괴한 나라들이 있는 모양입니다. 이는 모두 보통생각으로

눈물은 배우는 게 아니다

는 미칠 바가 아닙니다."

그러자 혹정이 대답하였다.

"이는 서양인의 기록뿐만 아니고 우리 '경'에도 있지 않소?"

"어떤 경에 실려 있나요?"

혹정이 간단하게 답했다.

"산해경입니다."(『산해경』은 중국 선진시대에 저술되었다고 추정되는 대표적인 신화집이며 지리서로, 곽박이 기존의 자료를 모아 저술하였다고 전해진다. 본래 산해경은 인문지리지로 분류되었으나, 현대 신화학의 발전과 함께 신화집의 하나로 인식되고 연구되기도 한다. 「산경」과 「해경」으로 되어 있으며, 중국 각지의 산과 바다에 나오는 풍물을 기록하였다. 내용 중에는 상상의 생물이나 산물이 있어서 지리서라고 하지만 전설 속의 지리라고 여겨지기도 한다. 또한 이 책은 중국의 역사서에 포함되기도 하는 황제·치우·소호·전욱·고신씨·예·요임금·순임금이나, 조선·청구·천독 등의 실제로 있었던 지명이 등장하기도 한다. 우리 겨레의 원류로 회자되는 '동이족' '조선' 등도 자주 등장한다)

내가 토를 달았다.

"이 대지를 둘러서 꼭 몇 분의 '인황'과 '모제'가 있는지는 알 수 없으니, 이 땅에서 저 달을 생각해 볼 때에 그곳에 한 개의 세계가 있는 것도 이치에 맞지 않을 건 없지요."

혹정이 덧붙였다.

"월세계가 있고 없는 거야 우리들 티끌세상과는 아무런 상곤이 없겠지요. 이는 이른바 '월인이 살찌거나 여위거나 진인에게 관계없다' 라는 말이나 마찬가지입니다. 이에 대해서는 옛 성인들도 말씀하지 못한 것인데, 이제 선생의 말씀을 듣고 보니 별안간 티끌세상의 번뇌가 사라지는 것 같습니다. 저 광한궁(달 속에 있는 궁전)에 앉아서 얼음비단을 입은 채 싸늘한 술을 마시며 백이나 오릉(전국시대 제나라의 청렴하기로 이름난 진중자가 피신했던 지명)중자와 더불어 노니는 것과 같습니다. 그렇다면 저 '뗏목을 타고 바다에 뜨고 싶다'던 공자의 말씀 또한 공자의 별계 망상이 아니겠습니까. 만일 선생이 지금 당장 상큼하게 서늘한 바람을 타고 공중으로 향하신다면, 저도 저 중유(공자의 제자 자로의 성명. 그는 공자의 제자 중에서 가장 용맹하기로 이름이 높았다)씨에게 결코 뒤질 생각은 없소이다."

지정이 곧 '별계 망상'에다 동그라미를 쳤다.

"당신 두 분이 별세계로 떠나신다면, 저는 팔짝팔짝 토끼나 펄쩍펄쩍 두꺼비의 노릇을 할지라도 전혀 사양하지 않겠소이다."

모두가 왁자하니 웃었다.

—「혹정필담」 중간 부분

해와 달을 쌍으로 놓으면

윤형산은 궁궐에서 나오던 길로 곧장 우리가 있는 곳으로 왔다.

내가 혹정과 동시에 의자에서 내려 윤공에게 읍을 하자, 윤공이 나를 도로 의자에 앉히더니 품속에서 뭔가를 꺼내는데, 자만호로 만든 담배통이었다. 그는 또 누런 보자기로 싼 색다른 비단 두 필을 꺼내어 나에게 보였는데 혹정이 "황제께서 주신 거로군요. 축하합니다."라는 소리를 연발하였다. 윤공은 만면에 흐뭇함을 감추지 못했다. 그 한 가지는 아청빛 우단에 복숭아꽃을 수놓은 것이고, 또 한 가지는 고동색 운문단에 신선과 부처를 금실로 수놓은 것이다.

내가 이야기를 돌렸다.

"왕공께서는 아직도 과거를 그만 두지 않으셨나요?"

"이미 단념한 지 오랩니다. 선생은 어떻습니까?"

"저도 마찬가지입니다."

"머리가 허연 처지에 과거를 본다는 건 수치지요."

그때 윤공은 붓을 잡고 뭔가를 쓰려다 혼자 크게 웃더니 혹정에게 뭐라 뭐라 한다. 그러자 그도 덩달아 크게 웃는다. 이에 내가 말했다.

"두 분 선생께서 이토록 웃으시는 걸 보니 무척 재미있는 일인가 보군요. 그 이유를 모르니 두 분의 즐거움에 참여할 수가 없네요."

그러자 두 사람은 더욱 크게 웃어젖혔다. 윤공이 썼다.

"강희 기묘년(1699년) 과거시험에 102세 된 수험생 선비가 있었습니다. 성은 황, 이름은 장, 광주 불산 사람이었지요. 그가 말하기를, '이번 과거에 급제를 못하면 임오년(1702년) 과거를 보러 올 것이요, 그때에도 급제를 못하면 을유년(1705년), 내 나이 108세 될 때에는 꼭 급제를 하고야 말 테다. 그러고 나서 나라를 위해 전력투구하겠다.'고 했다더군요."

그 말에 나 또한 허리가 끊어질 듯이 웃었다.

"푸 하하핫! 그렇담 을유년 과거에는 붙었나요?"

두 사람이 동시에 고개를 가로저으며 또 한 번 크게 웃어젖혔다.

혹정이 썼다.

"그가 급제를 못했기 때문에 세인의 입에 오르내리게 된 거죠. 만일 급제를 했다면 어디 이야기꺼리나 되겠습니까? 흐흐흐."

윤공이 사공도의 시구를 하나 읊조렸다.

저 바보, 아교로 해와 달을 붙이려 하네. 癡欲煎膠黏日月

해가 저물고 방안이 침침하여 촛불을 켜놓았으므로, 나도 덩달아
시구로 응대했다.

부득불 인간의 촛불을 켤 필요 뭐 있나   不須人間費膏燭

하늘땅 쌍으로 비춰주는 해와 달이 있는데   雙懸日月照乾坤

갑자기 혹정이 손사래를 치더니 얼른 '쌍현일월' 네 글자에 덕칠을
해버린다. 일월日月을 나란히 놓으면 명明 자가 되기 때문이다. 나로
서는 윤공이 부른 시구에서 끈끈한 갖풀인 아교를 뜻하는 '점교粘膠'
에 대구를 맞춘 것에 불과하지만, 그는 혹시라도 명나라를 연상시킬
까봐 몹시 조심스러웠던 모양이다.

윤이 뜬금없이 물었다.

"박 선생은 지금 저술한 책이 몇 권이나 있나요? 혹 아름다운 시집
을 중국에 가지고 오신 건 아니신지?"

내가 난처한 얼굴로 대답하였다.

"평생에 학식이 무디고 거칠어서 일찍이 몇 권 책도 내지 못하였습
니다."

그러자 윤이 다시 말했다.

"비록 주공 같은 아름다운 재주가 있더라도 만일에 교만하고 인색

하면 말할 거리도 못 되지요. 선생이 만일……."

미처 글을 마치기도 전에 기풍액이 들이닥쳐 황제가 하사한 담배통을 보이는 바람에 우리는 드디어 자리를 파하며 몸을 일으켰다.

내가 입은 흰 모시옷은 해가 저물자 좀 서늘하였다.

달은 추녀 끝에 걸리고 우리는 느릿느릿 뜰을 거닐 때에, 윤이 내 옷을 만지작거리면서 우스개처럼 말했다.

"우리는 이 맑은 기운을 이기지 못했습니다."

—「혹정필담」, 뒷부분

매력적인
글 쓰기란?

별같이 둥글둥글한 소리

글이란 뜻을 그려내는 것이다.

제목을 앞에 놓고 붓을 쥔 채 갑자기 옛말을 떠올린다거나, '경서'의 뜻을 찾아내어서라도 일부러 근엄한 척하고 글자마다 장중하게 꾸민다 치자. 그러면 화가에게 자기 초상을 그리라 해놓고 모습을 가다듬는 것이나 다름없다. 시선은 딱 고정시켜놓은 데다가 옷차림 또한 주름 하나 없이 매끈하게 다듬어놓아서 보통 때의 모습이 온데간데없어지기 때문이다. 그렇게 되면 아무리 훌륭한 화가여도 그 참모습이 그려지지 않는다. 글짓기 그것이 어찌 그리기와 다르겠는가.

글이란 거창할 필요가 없으며, '도'는 털끝만한 차이로도 나뉘는 법이니, 글로써 도를 표현할 수 있다면 부서진 기와나 조약돌인들 어찌 글 소재가 아니라며 버리겠는가. 그러므로 '도올'은 사악한 짐승이지만 초나라 '국사'는 그 이름을 취하였고(도올은 원래 전설에 나오는 사악한 짐승이었으나, 초나라에서 악을 징계하기 위해 이로써 국사의 이름을 삼았다고 한다), 몽둥이로 사람을 때려죽이고 몰래 매장하는 악행을 저지른 극악한 도적도 사마천과 반고는 이에 대한 기록을 남겼으니(한 무제 따 왕온서라는 혹리가 젊은 시절 사람을 죽이고 암매장하는 악행을 자행했던 고사를 인용) 글 짓는 사람은 오로지 그 참을 그릴 따름이다.

그러고 보면 글이 잘되고 못되고는 내게 달려 있고 비방과 칭찬은 남에게 달려 있다. 예컨대, 귀가 울리고 코를 고는 것과 같다.

한 아이가 뜰에서 놀다가 제 귀가 갑자기 울리자 입을 하아 벌리며 놀라워하고 신기해했다. 사실은 이명증 때문인 걸 모르고 아이는 가만히 이웃집 아이에게 자기 기쁨을 전하였다.

"너 이 소리 좀 들어 봐라. 내 귀에서 앵앵, 피리 불고 생황 부는 소리가 난다. 이 소리 어때? 별같이 동글동글하지?"

이웃집 아이가 귀를 기울여 맞대어 보았으나 끝내 아무소리도 듣지 못하였다.

"아무 소리도 안 들리는데?"

"뭐야? 이 소리가 안 들려? 이 신기한 소리가 안 들린다고?"

아이는 너무 안타깝다고 소리쳤다. 도대체 왜 몰라주느냐고 흔-스러운 몸짓을 했다.

내가 어떤 시골사람과 한 방에 잔 적이 있다. 그 사람의 코고는 소리가 어찌나 우람한지, 마치 토하기 · 휘파람 불기 · 한탄하기 · 크게 숨쉬기 · 후후 불기를 하는 것 같았다. 솥의 물이 끓거나 빈 수레가 덜커덩거리며 구르는 것도 같았고, 들이쉴 땐 톱질하는 소리가 나고, 내뿜을 때는 돼지처럼 씩씩대었다. 그러다 옆 사람이 일깨워주기라도 할라치면 "난 그런 적이 없소!" 하고 발끈 성을 냈다.

아, 자기만이 홀로 아는 사람은 남이 몰라줄까 봐 근심하고, 자기가 깨닫지 못한 사람은 남이 먼저 깨닫게 되면 싫어한다. 어찌 코와 귀에만 이런 병이 있겠는가? 문장에도 있는데 더욱 심할 따름이다. 귀가 울리는 것은 병인데도 남이 몰라줄까 봐 걱정하는 판에, 하물며 병이 아닌 것이야 말해 무엇 하겠는가. 코고는 것은 병이 아닌데도 남이 일깨워 주면 성내는 판에, 하물며 병이라고 하는데 말해 무엇 하겠는가.

그러므로 독자가 이 책을 부서진 기왓장이나 조약돌 취급하여 버리지만 않는다면, 화가가 선염법(동양화에서 먹을 축축하게 번지듯이 칠하여 붓자국이 보이지 않게 하는 기법)으로 극악무도한 도적의 텁수룩한 귀밑털을 하나하나 그린 것처럼 쓴 이 글을 제대로 볼 수 있을 것이다.
모쪼록 남의 귀 울림을 들으려 말고 나의 코고는 소리를 깨닫는다면 거의 작가가 될 수도 있다.

구태여
비슷한 것을 구하려는가?

옛글을 모방함으로써 글짓기를 마치 거울이 형체를 비추듯이 하면 '비슷하다'고 하겠는가? 왼쪽과 오른쪽이 서로 반대로 되는데 어찌 비슷할 수 있겠는가. 그렇다면 물이 형체를 비추듯이 하면 '비슷하다'고 하겠는가? 뿌리와 가지가 거꾸로 보이는데 어찌 비슷할 수 있겠는가. 그렇다면 그림자가 형체를 따르듯이 한다면 '비슷하다'고 하겠는가? 한낮이 되면 난쟁이가 되고 석양이 들면 키다리가 되는데 어찌 비슷할 수 있겠는가. 그림이 형체를 묘사하듯이 한다면 '비슷하다'고 하겠는가? 걸어가는 사람이 움직이지 않고 말하는 사람이 소리가 없는데 어찌 비슷할 수 있겠는가. 그러면 끝내 옛글과 비슷할 수 없단 말인가?

그런데 어찌 구태여 비슷하게 하려는가? 비슷한 것을 구하려 드는 것은 그 자체가 참이 아니라는 것을 인정하는 셈이다. 하늘아래 존재하는 서로 같은 것을 말할 때 '꼭 닮았다'라 일컫고, 분별하기 어려운 것을 말할 때 '진짜에 아주 가깝다'라고 일컫는다. 대개 '(참)진'이라 말하거나 '(닮을)초'라고 말할 때에는 그 속에 '(거짓)가'와 '(다를)이'의 뜻이 포함되어 있다.

그러므로 하늘 아래 이해하긴 어려워도 배울 수 있는 것이 있고, 전혀 다르면서도 서로 비슷한 것이 있다. 언어가 달라도 통역으로 의사소통을 할 수가 있고, 한자의 글자체가 달라도 모두 문장을 지을 수 있다. 왜냐하면 외형은 서로 다르지만 내용은 서로 같기 때문이다. 때문에 '마음이 비슷한 것'은 내면의 의도요, '외형이 비슷한 것'은 피상적인 겉모습이라 하겠다.

이씨의 자제 낙서 이서구는 열여섯 살인데 나를 따라 글을 배운 지가 이미 여러 해가 되었다, 심령이 일찍 트이고 지혜와 앎이 구슬과 같은 그는 일찍이 『녹천관집』을 가지고 와서 나에게 질문하였다.

"아, 제가 글을 지은 지 겨우 몇 해밖에 되지 않았으나 남들의 노여움을 산 적이 많았습니다. 한 마디라도 새롭다든가 한 글자라도 기이한 것이 나오면 그때마다 사람들은 '옛글에도 이런 것이 있었느냐?'고 묻습니다. '그렇지 않다'고 대답하면 발끈 화를 내며 '어찌 감히 그런 글을 짓느냐!'고 나무랍니다. 아, 옛글에 이런 것이 있었다면 제가 어찌 다시 쓸 필요가 있겠습니까. 선생님께서 판정해 주십시오."

그의 말을 듣고 나는 손을 모아 이마에 얹고 세 번 절한 다음 꿇어 앉아 말하였다.

"네 말이 매우 올바르구나. 가히 끊어진 학문을 일으킬 만하다. 창 힐이 글자를 만들 때 어떤 옛것에서 모방하였다는 말을 듣지 못했고, 안연이 배우기를 좋아했지만 유독 저서가 없었다. 만약 옛것을 좋아 하는 사람이 창힐이 글자 만들 때를 생각하고, 안연이 표현하지 못한 취지를 저술한다면 글이 비로소 올바르게 될 것이다. 너는 아직 나이 가 어리니, 남들에게 노여움을 받으면 공경한 태도로 '널리 배우지 못 하여 옛글을 상고해 보지 못하였습니다.'라고 사과하여라. 그래드 힐 문이 그치지 않고 노여움이 풀리지 않거든, 조심스런 태도로 이렇게 대답하여라. '은고(『서경』)와 주아(『시경』)는 하나라·은나라·주나라 삼대 당시에 유행하던 문장이요, 승상 이사와 우군 왕희지의 글씨는 진秦나라와 진晉나라에서 유행하던 속필이었습니다.'라고 말이다."

새롭게 창조함이 옳지 않겠는가

문장을 어떻게 지어야 할 것인가? 논자들은 반드시 '법고(옛글을 본받음)'해야 한다고 말한다. 그래서 마침내 세상에는 옛것을 따라하고 본뜨면서도 그것을 부끄러워하지 않는 자가 생기게 되었다.

왕망(BC. 45~AD)의 『주관』으로 족히 예악을 제정할 수 있고, '양화'가 공자와 얼굴이 닮았다(양화는 춘추 시대 노나라 계씨의 가신이었다. 공자가 그와 얼굴이 비슷한 탓에 진나라로 가던 도중 '광' 땅에서 양화로 오인되어 곤욕을 당한 일이 있다) 해서 만세의 스승이 될 수 있다는 격이니, 어찌 법고해서 되겠는가.

그렇다면 '창신(새롭게 창조함)'이 옳지 않겠는가. 그래서 마침내 세상에는 괴벽하고 허황되게 문장을 지으면서도 두려워할 줄 모르는 자가 생기게 되었다. 이는 세 발 되는 장대(진나라 효공 때에 상앙이 자기가 만든 법령을 공포하기에 앞서 백성들이 이를 믿지 않을까 염려하여 도성 남문에 세 발 되는 장대를 세워 놓고, 이것을 북문에 옮겨 놓는 자에게는 상금을 주겠다고 하여 이

눈물은 배우는 게 아니다

를 옮겨 놓은 자에게 약속대로 상금을 주었다)가 국가 재정에 중요한 도량형 기보다 낫고, 이연년의 신성(이연년은 한나라 무제가 총애한 이 부인의 오빠로, 노래를 매우 잘했으며, 신성 즉 신작 가곡을 지었다)을 종묘 제사에서 부를 수 있다는 셈이니, 어찌 '창신'해서 되겠는가.

그렇다면 어떻게 해야 옳단 말인가? 나는 앞으로 어떻게 해야 하나? 아니면 글짓기를 그만두어야 한다는 말인가?

아! 소위 '법고'한다는 사람은 옛 자취에만 얽매여서 병통이고, '창신'한다는 사람은 보통의 법칙에서 벗어나게 되어 걱정거리이다. 진실로 '법고'하면서도 변통할 줄 알고 '창신'하면서도 충분히 틀에 맞아 아담하다면, 지금의 글이 바로 옛글과 같이 품위가 있을 터인데도 말이다.

옛사람 중에 글을 잘 읽은 이가 있었으니 춘추시대 노나라 사람으로 증자의 제자인 공명선이 바로 그요, 옛사람 중에 글을 잘 짓는 이가 있었으니 회음후(한나라 때의 명장 한신의 봉호이다)가 바로 그다. 그건 무슨 말인가?

공명선이 증자에게 배울 때 3년 동안이나 글을 읽지 않기에 증자가 그 까닭을 물었더니 공명선이 이렇게 대답하였다.

"제가 선생님께서 집에 계실 때나 손님을 응접하실 때나 조정에 계실 때를 보면서 그 처신을 배우려고 하였으나 아직 제대로 배우지 못했습니다. 제가 어찌 감히 아무것도 배우지 않으면서 선생님 문하에 머물러 있겠습니까."

물을 등지고 진을 치는, 즉 '배수진'이란 게 병법에는 보이지 않았기에 여러 장수들이 불복하자, 회음후가 이렇게 말했다.

"이건 병법에도 나와 있는데 단지 그대들이 제대로 살피지 못했을 뿐이다. 병법에 그러지 않던가? 죽을 땅에 놓인 뒤라야 살아난다고."

그러므로 무턱대고 아무거나 배우지는 않음을 잘 배우는 길이라 여긴 사람은 혼자 살던 노나라의 남자요(노나라에 어떤 남자가 혼자 살고 있었는데, 이웃에 사는 과부가 밤중에 폭풍우로 집이 무너지자 그를 찾아와 하룻밤 재워 줄 것을 청하니 문을 잠그고 열어 주지 않았다. 과부가 "당신은 어찌하여 유하혜처럼 하지 않소? 그는 성문이 닫힐 때 미처 들어오지 못한 여자를 몸으로 따뜻하게 녹여 주었으나, 국민들이 그를 음란하다고 하지 않았다오." 하자, 그는 "유하혜는 그래도 되지만 나는 안 되오. 나는 장차 내가 해서는 안 되는 행동으로써 유하혜라면 해도 되는 행동을 배우려고 하오."라고 답하였다. 이에 공자는 "유하혜를 배우고자 한 사람 중에 이보다 더 흡사한 사람은 아직 없었다. 최고의 선을 목표로 하면서도 그의 행동을 답습하지 않으니, 지혜롭다고 말할 수 있겠다."고 칭찬했다 한다), 아궁이를 늘려 아궁이를 줄인 계략을 이어 받은 이는 변통할 줄 안 우승경이었다(손빈이 제나라 군사를 거느리고 위나라 장수 방연과 싸우게 되자 첫날에는 취사 아궁이를 10만 개 만들었다가 이튿날엔 5만 개로 줄이고 또 그 다음날엔 3만 개로 줄임으로써 군사들이 겁먹고 도망친 것처럼 보이게 하였다. 이에 방연이 방심하고 보병을 버려둔

눈물은 배우는 게 아니다

채 기병만으로 추격하다 마릉에서 손빈의 복병을 만나자 자결하였다. 또 후한의 장수 우승경은 북방의 오랑캐가 침범했을 때 병력의 열세로 인해 몰리게 되자 구원병이 온다는 거짓 소문을 내고는 아궁이의 수를 매일 늘려 구원병이 늘어나는 것처럼 보이게 하였다. 이에 어떤 이가 묻기를, "손빈은 아궁이의 수를 줄였다는데 그대는 늘리고 있으니, 무슨 까닭이오?" 하자, "손빈은 허약한 척하느라 아궁이 수를 줄인 것이고 나는 강하게 보이려 아궁이 수를 늘린 것이니, 이는 형세가 같지 않기 때문이다." 하였다).

이로 미루어보건대, 하늘과 땅이 아무리 장구해도 끊임없이 생명을 낳고, 해와 달이 아무리 유구해도 그 빛은 날마다 새롭듯이, 서적이 비록 많다지만 거기에 담긴 뜻은 제각기 다르다. 그러므로 날고 헤엄치고 달리고 뛰는 동물들 중에는 아직 이름이 알려지지 않은 것도 있고 산천초목 중에는 반드시 신비스러운 영물이 있으니, 썩은 흙에서 버섯이 무럭무럭 자라고, 썩은 풀이 잔디로 변하기도 한다. 또한 예에 대해서도 시비가 분분하고 악에 대해서도 논란이 있다. 문자는 말을 다 표현하지 못하고 그림은 뜻을 다 표현하지 못한다. 어진 이는 도를 보고 '인仁'이라 이르고 슬기로운 이는 도를 보고 '지智'라 이른다.

그러므로 오랜 세대 뒤에 성인이 나온다 하더라도 의혹되지 않을 것이라 한 것은 앞선 성인(공자)의 뜻이요, 순 임금과 우 임금이 다시 태어난다 해도 내 말을 바꾸지 않으리라 한 것은 뒤 현인(맹자)이 그 뜻을 계승한 말씀이다. 우 임금과 후직, 안회가 그 법도는 한 가지요(『맹자』'이루 하'에서 맹자는 태평성대에 나랏일을 돌보느라 자신의 집을 세 번이나 지나치고도 들르지 않은 우 임금과 후직, 난세를 만나 가난 속에서도 자신의 즐거움을 변치 않은 안회에 대하여 공자가 칭송한 점을 들면서 이렇게 말했다. "우 임금과 후직, 안회는 그 도가 같다." 또한, 순 임금과 문왕이 살던 지역이 서로 천여 리나 떨어져 있고 살던 시대가 천여 년이나 차이가 있어도 뜻을 얻어 중국에 시행한 것이 마치 부절符節을 합한 듯이 똑같음을 들어 "앞선 성인과 뒷 성인이 그 법도는 한 가지이다."라고 하였다), 편협하거나 공손치 못하면 군자가 따르지 않는 법이다.

박씨의 아들 제운(박제가)이 나이 스물셋으로 문장에 능하고 호를 초정楚亭이라 하는데, 나를 따라 공부한 지 여러 해가 되었다. 그는 문장을 지을 때에 '선진'과 '양한' 때의 작품을 흠모하면서도 옛 표현에 얽매이지는 않는다. 그러나 진부한 말을 없애려고 노력하다 보면 혹 근거 없는 표현을 쓰는 실수를 범하기도 하고, 내세운 주장이 너무 고원하다 보면 자칫 변해서는 안 될 떳떳한 도리에서 벗어나기도 한다. 이래서 명나라의 여러 작가들이 '법고'와 '창신'에 대하여 서로 비방만 일삼다가 모두 정답을 얻지 못한 채 다 같이 말세의 자질구레한 폐단에 떨어졌다. 도를 옹호하는 데다 보태지는 못할지언정 한갓 풍속만 병들게 하고 교화를 해치는 결과를 낳고 말았다. 나는 이렇게 되지나 않을까 두렵다. 그러니 '창신'을 한답시고 재주 부릴 바엔 차라리 '법고'를 하다가 고루해지는 편이 낫다.

─박제가(1750~1805)의 초기 문집 『초정집』 서문

붉은 깃발을 세우라

글을 잘 짓는 자는 아마 병법을 잘 알겠다.

비유컨대, 글자는 군사요 글 뜻은 장수요 제목은 적국이다. 옛적부터 내려온 정례와 규칙을 주장하여 인용함은 싸움터의 진지를 구축함이요, 글자 묶어 구절 만들기, 구절 모아 문장 이루기는 부대의 대오행진과 같다. 운율에 맞추어 읊고 시문의 말로써 빛을 내는 모습은 징과 북을 울리고 깃발을 휘날림이며, 앞뒤 문맥을 서로 맞추어 밝히던 봉화요, '비유'하는 방법을 쓰면 기습 공격하는 기병이고, 문장의 기세를 억누르기도 하고 추켜세우기도 하며 잇달아 뒤집기도 하는 '억양반복' 수법은 끝까지 맞붙어 싸워 남김없이 죽임에 해당되며, 시제의 의미를 먼저 '설파'한 다음 마무리시킴은 먼저 밧줄을 던져놓고 성벽에 기어 올라가 적을 사로잡음이나 마찬가지요, 서면으로 죄를 묻고 진술 받는 '함추'를 소중히 여김은 송나라 군주가 말했듯이 "군자는 부상자를 거듭 상해하지 않고 반백의 늙은이를 사로잡지 않음"과 같으며, 긴 여운 남기는 글은 군대를 정돈하여 개선하는 모양에 비유된다.

장평은 전국시대 때에 조나라 군사 40만이 진나라 백기에게 몰살당한 곳이다. 진나라 백기가 조나라를 공격하자 조나라에서는 처음에 명장 염파가 장수로 나와 진나라를 상대로 승리할 수가 있었다. 그러나 진나라의 반간계에 속은 조나라 왕이 염파를 쫓아내고 싸움에 서투른 조괄을 장수로 삼았고, 백기가 이를 이용하여 조나라 군대를 대패시키고 투항한 40만 군사를 구덩이에 묻어 죽였다. 다시 말해, 장평의 군사는 그 용맹이 옛적과 다름없었고 활과 창의 예리함도 예전과 마찬가지였으나, 염파가 거느리면 승리할 수 있고 조괄이 거느리면 자멸하기에 족하였다. 그러므로 군사 부리기를 잘하는 자에게는 버릴 군사가 없고, 글을 잘 짓는 자에게는 따로 가려낼 글자가 없다. 진실로 좋은 장수를 만나면 호미자루나 창자루를 든다 해도 모두 굳세고 사나운 군사가 되며, 헝겊을 찢어 장대 끝에 매달더라도 사뭇 아름다운 빛깔의 깃발이 된다. 이치에 맞기만 하다면 집안의 일상 이야기도 학관에서 가르칠 소재가 될 수 있고, 동요나 속어를 『시경』과 『서경』 중에서 문자를 추려 19편으로 나누고 전국, 진한대의 용어로 해석한 『이아』에 넣을 수도 있겠다. 하므로 글이 능숙치 못함은 글자의 탓이 아니다.

대체로 글자와 글귀가 우아한지 속된지나 평하고 편과 장이 잘났고 못났고 만을 따지는 자들은 합하여 변화시키는 임기응변과 제압하여 이길 수 있는 임시방편을 모르는 자들이다. 예컨대 용맹스럽지 못한 장수가 마음에 미리 정해 놓은 계책도 없는 현상과 같다. 전진의 부견이 대군을 이끌고 동진을 공격하였을 때 동진의 장수 사석과 사현 등이 이를 맞아 싸웠는데, 부견이 성에 올라 동진의 군대를 바라보니 진지 모습이 정제되고 군사들이 정예화 되어 있었다. 게다가 북쪽으로 팔공산 위를 바라보니 초목들이 마치 동진의 군사로 보여 겁을 먹었다. 그것처럼, 그들이 만약 생소한 제목에 부딪치면 아뜩하기가 마치 견고하게 버티고 있는 성을 마주한 것처럼 되고, 눈앞의 붓과 먹은 편과 장만 생각하다가 기부터 질려버릴 게 뻔하다. 또한 주나라 목왕이 남쪽으로 정벌 갔을 때 일어났던 그 일과 똑같은 현상, 즉 군대가 몰살하여 군자는 원숭이와 학이 되고 소인은 벌레와 모래가 되었던 것처럼, 가슴에 새겼던 글자들이 하나도 남아있지 않게 되는 사태가 벌어진다.

그러므로 글 짓는 자의 걱정은 항상 갈피를 잃고 헤매거나 요령을 얻지 못하는 데에 있다. 원래 글짓기는 나아갈 길이 정해지지 않으면 한 글자도 내려쓰기가 어려워져서 노상 더디고 껄끄러워질까봐 고민하게 된다. 요령을 얻지 못하면 두루 꿰어 맞추기를 아무리 잘해도 오히려 허술하지 않았는가 싶어 걱정하게 된다.

그것은 '음릉'에서 길을 잃자 명마인 오추마가 달리지 못한 일. 즉, 항우가 유방의 군사에게 쫓겨 음릉에 이르러 그만 길을 잃게 되자 그 곳에서 최후의 일전을 벌였는데, 배를 몰고 자신을 마중 나온 '오강'의 '정장'에게 자신의 애마 오추마를 주고 자신은 스스로 목숨을 끊었던 그 일과 비유된다. 또한 강거가 겹겹이 포위했지만 육라가 도망가 버린 일과도 같은데, 한 무제 원수 4년 대장군 위청이 '무강거'라는 전차로 진영을 만들고 흉노를 포위하였으나 흉노의 선우가 여섯 마리의 노새가 끄는 육라를 타고 포위망을 뚫고 달아난 사실을 말함이다.

단 한 토막의 말일지라도 정곡 찌르기를 눈 오는 밤 채주에 쳐들어 가듯이 할 수 있어야 한다. 즉 당나라 헌종 때에 오원제가 반란을 일으키자 장수 이소가 눈 오는 밤에 방비가 소홀한 틈을 타 반군의 근거지인 '채주'를 불의에 습격하여 오원제를 사로잡았는데, 그처럼 해야 한다는 말이다.

또한 딱 한마디 말로 핵심 뽑아내기를 세 번 북을 울리고 관문을 빼앗듯이 할 수 있어야 한다. 춘추시대 노나라 장공 10년에 제나라가 노나라를 침범하자 '조귀'가 장공과 함께 '장작'에서 제나라 군사와 맞서 싸웠는데, 제나라에서 북을 세 번 울릴 때까지 기다렸다가 적의 힘이 빠진 다음에 제나라를 공격하여 승리를 거두었다. 글 짓는 그 방법 또한 이쯤은 되어야 지극하다 하겠다.

앞으로 글을 하는 자들이 이 길을 따라간다면 정원후의 비식과 같이 문장의 명성이 널리 퍼질 것이다.

정원후는 후한의 장수 '반초'의 봉호이다. 반초가 일개 서생으로 지내고 있을 때 답답한 마음에 어떤 관상쟁이를 찾아갔는데 그가 하는 말이 "제비의 턱에 호랑이의 목을 지니고 있으니 멀리 날아가서 고기를 먹겠는데, 이는 '만리후'의 관상이다."라고 하였다. 그 후 반초는 장수가 되어 서역의 흉노를 정벌하여 정원후에 봉해지고 그가 서역에 있던 31년 동안에 서역 50여 개국이 모두 한나라에 복속하였다. 이렇듯, 반초가 멀리 서역에까지 이름을 날렸듯, 문장의 명성도 그리 될 것이다.

마찬가지로, 후한 때의 거기장군 두헌이 군사를 이끌고 북벌에 나서서 남흉노와 연합하여 계락산에서 북흉노를 대파하였을 때에 연연산에 올라가 공적비를 세우고 반고에게 '봉연연산명'을 짓게 하였던 것과 다를 바 없이 될 것이다.

안녹산의 난으로 현종이 물러나고 숙종이 즉위하자 방관에게 각군을 모아 장안을 수복할 것을 명하였다. 이에 장안으로 진격하다 함양에서 적을 만났다. 방관(697~763)이 직접 중군을 거느리고 춘추시대의 수레전법을 본떠서 소가 끄는 수레 2,000대와 보병으로 진을 치고 적과 대치하였지만, 적들이 바람을 이용하여 소리를 질러대며 불을 놓아 공격하여 방관의 군이 대패하였다. 당나라 장수 방관의 수레전법은 앞사람의 자취를 본받았으나 실패했다. 그렇지만 우후가 부뚜막을 늘린 것(「새롭게 창조함이 옳지 않겠는가/초정집서」)은 옛 법을 역이용하여 승리했으니, 그 변통하는 방편은 역시 때에 있으며, 법에 있지는 않다.

붓과 먹이 날카롭고 글자와 글귀가 날고 뛴다. 이야말로 문예계의 '염파'와 '이목'(조나라 최고명장들)이라 하겠다.

글에도 빛깔이 있는가?

아, 포희씨(복희씨)가 죽은 뒤로 그가 '팔괘'와 각 '효爻'를 풀이한 문장이 후세에 전해지지 않은 채 흩어진 지 오래다.

그러나 벌레의 촉수·꽃술·석록(공작석)·비취의 깃털에 이르기까지도 그 문장의 정신은 변하지 않고 남아 있으며, 솥 발·병 허리·해 고리·달 시울에도 그 문자 모습이 아직도 고스란히 남아 있다

그리고 바람과 구름·천둥과 번개·비와 눈·서리와 이슬 및 새와 물고기·짐승과 곤충 등이 울고 웃고 지저귐에도 소리·빛깔·정·경이 지금까지 그대로 남아 있다.

그러므로 『주역』을 읽지 않으면 그림을 알지 못하고, 그림을 알지 못하면 글을 알지 못한다. 왜냐하면 포희씨가 『주역』을 만들 적에 위로는 하늘을 살피고 아래로는 땅을 관찰하여 홀수인 '양효'와 짝수인 '음효'를 배가한 것에 불과하였으나 이것이 발전하여 그림이 된 것이기 때문이다. 창힐씨가 문자를 만들 때에도 그랬다. 사물의 뜻과 모양

을 지극한 정성으로 살펴 제 모습 간직한 채로 빌려온 것을 다시 빌려 준 것에 불과하였으나 이것이 발전하여 글이 되었기 때문이다.

그렇다면 글에도 '소리'가 있는가?

이윤이 대신으로서 한 말, 즉 탕왕이 죽고 그의 아들 태갑이 왕이 되자 이윤이 어린 왕을 훈도하는 글을 올렸던 것. 그리고 주공이 숙부로서 한 말, 즉 무왕이 죽고 그의 아들 성왕이 왕이 되자 무왕의 아우인 주공 '단'이 어린 왕에게 '안일'을 경계하는 글을 올려 훈계하였던 것을 내가 직접 듣지는 못했으나 글을 통해 그 목소리를 상상해 보면 온 정성을 쏟았을 것이다. 아비에게 버림받은 주나라 선왕의 신하 윤길보의 아들 백기가 계모의 모함을 받아 쫓겨나게 되자 '이상조'라는 노래를 지어 자신의 처지를 한탄하였던 그 모습. 그리고 춘추 시대 제나라 대부 기량이 전사하자 그의 아내가 슬퍼하면서 목 놓아 울다 강에 몸을 던져 죽게 된 그녀의 모습을 내가 직접 보지는 못했으나 글을 통해 그 목소리를 상상해 보면 아주 간절하였을 것이다.

글에도 '빛깔'이 있는가?

『시경』에도 있듯이, "비단 저고리를 입으면 엷은 덧저고리를 입고, 비단 치마를 입으면 엷은 덧치마를 입는다네."라 하고, "검은 머리 구름 같으니, 다리(가발)도 필요 없네."라고 노래한 것을 예로 들 수 있다.

어떤 것을 '정'이라 하는가?

눈물은 배우는 게 아니다

새가 울고 꽃이 피며 물이 푸르고 산이 푸른 것을 말한다.

어떤 것을 '경'이라 하는가?

멀리 있는 물은 물결이 없고 멀리 있는 산은 나무가 없고 멀리 있는 사람은 눈이 없다. 손가락으로 가리키는 사람은 말하는 사람이요 왼손을 오른손 위에 올려 두 손을 마주잡고 있는 사람은 듣고 있는 사람이다.

늙은 신하가 어린 임금에게 고할 때의 심정, 그리고 버림받은 아들과 홀로된 여인의 사모하는 마음을 모르는 자와는 함께 '소리'를 논할수 없다. 글에 시적인 구상이 없으면 『시경』'국풍'의 빛깔을 알 수 없다. 사람이 이별을 겪지 못했거나 그림에 묘한 뜻과 깊은 맛이 없다면 글의 '정'과 '경'을 함께 논할 수 없다. 벌레의 촉수나 꽃술에 별 관심을 두지 않는다면 문장을 짓겠다는 정신이 아예 없다고 할 수 있으며, 더구나 기물의 형상을 음미할 줄도 모른다면 이런 사람은 글자를 한자도 모르는 사람이라 해도 지나친 말이 아니다.

시 편

꽃은 흡사 가려는 손 억지로 잡아두는 것 같아라

불지 말라고 비바람더러 당부했다가 되레 꾸짖음만 받았다오,

두어라,

꽃꽃이 익힌 이래로

이 골짝 삼백 예순 날이 모두 다 봄이거늘

도중에 잠시 개다

한 마리 해오라기 버들 등걸 밟고 서있네
또 한 마리는 물 가운데에 우뚝 서 있고
산허리는 짙푸르고 하늘은 시커먼데
무수한 해오라기가 공중을 빙빙 돌며 날아다니고
선머슴 소를 타고서 시냇물 거슬러 건너는데
저 시내 너머로 각시무지개가 날아오르네.

농삿집

늙은 첨지 참새 쫓느라 남녘 둑에 앉았는데
참새 매달린 노란 조 이삭은 개꼬리 모양이네
큰아들 작은아들 모두 다 들에 나가고
농삿집 하루 진종일 낮에도 문이 닫혀 있고

솔개가 병아리를 채려다가 빗나가니
호박꽃 울타리에 뭇 닭이 꼬꼬댁꼬꼬댁
젊은 아낙은 바구니 이고 시내를 건너려다 주춤주춤
저 아이 꾀복쟁이가 누렁이랑 한 줄로 뒤따르네.

새벽길

까치 하나 외로이 수숫대에 잠자는데
달 밝고 이슬 희고 밭고랑 물은 졸졸 울고
나무 아래 작은 오두막은 둥글어라 돌 같은데
지붕 위 박꽃 밝아라, 별처럼 반짝이네.

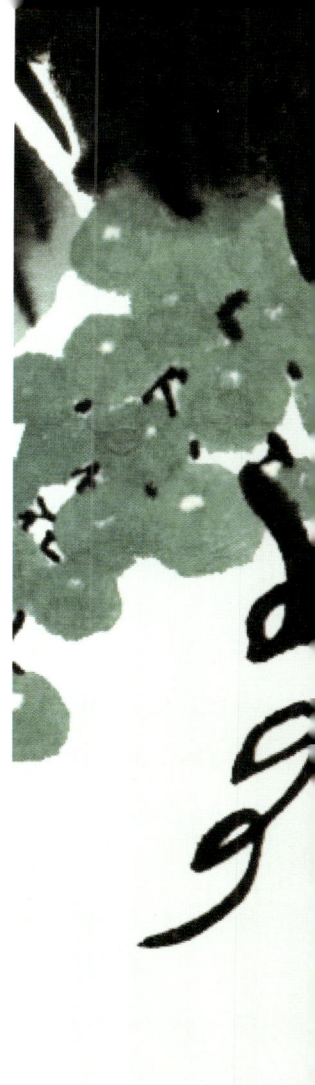

극한

깎아지른 북악은 높기도 높아라
먹빛 남산 송림에
송골매 지나가니 나무숲이 숙연해지고
두루미 울음소리에 여름 하늘 푸르러

강가에 살며

짙푸른 나무그늘엔 산비둘기랑 까치새끼가 놀고
돛대 머리엔 돛이 날리네, 조운배 올라올 때
강가 누각에서 한숨 자고 나서도 하릴없어
꽃이 핀 박태기나무 아래서 당시唐詩를 베낀다오.

눈물은 배우는 게 아니다

설날 아침에 거울을 마주 보며

검은 수염은 불현듯 두어 올 돋았는데
하나도 자라지 않은 육척장신 몸뚱어리
거울 속 얼굴이야 해를 따라 달라져도
철없는 이내 생각은 지난해의 '나' 그대로네

집을 옮기다

관도 주변으로 집을 옮기니
하루 내내 거리에 오가는 사람들을 구경하네.
가는 자가 오는 자를 만나는가 싶으면
앞사람 발자국 따라서 뒷사람 발자취가 잇따르고

이 길로 말미암아서 천리를 걷는다지만
인생 백년에 늙고 마는 몸뚱어리
다른 길 따르는 사람을 괜히 가엾어 하네

눈물은 배우는 게 아니다

요동 벌판을 새벽에 지나며

요동이라 벌판이 어느 제나 끝날는지
열흘 내내 산이라곤 못 보았네.
새벽 별이 말 머리 위로 날아오르고
아침 해, 논밭 사이에서 치솟아 나오는구나.

산행

이랴 저랴 소몰이 소리 흰 구름 사이로 들려오는
하늘을 찌를 푸른 봉우리엔 밭골이 비늘같이 즐비하네.
견우직녀 왜 구태여 까막까치 기다리나
은하수 서쪽 나루엔 달이 걸려 배 같은데

눈물은 배우는 게 아니다

소월대

옥주를 손에 쥐고 맑은 밤 홀로 누대에 오르니
구기자나무 우듬지에 서리가 지고 기러기 울음도 애달파
한 가락 휘파람 소리가 가을 구름 모두 흩어버리는
창공 만리에 하얀 달이 솟아오르네.

내청각

붉은 파초 푸른 돌 동녘 담에 솟아 있고
한 그루 벽오동은 그윽한 누각 앞에
꼿꼿한 한평생 손님 맞이에 게으름 피우다가
저물녘 산 풍경에나 허리를 숙이신다네.

감영지

종일토록 그림자가 한들한들 남녘 둑 못에는
저 그림자 나를 부를 듯하고 나도 저를 부를 수 있을 듯한데
갑자기 산들바람 그치고 오리랑 백로가 지나가네.
불현듯, 내 그림자가 어질어질 백 갈래로 나뉘지고

송음정

솔 그늘 덮고 있는 만(卍) 자 난간 깊고 깊어
기울어진 돌팍에 서로 얽혀 푸르른 채 늘어진 다래
그림배 하나 바람 따라 흐르든 말든 놓아두고
밤새껏 차가운 솔바람 소리 여울처럼 쏟아내네

눈물은 배우는 게 아니다

유춘동

꽃은 흡사 가려는 손 억지로 잡아두는 것 같아라
불지 말라고 비바람더러 당부했다가 되레 꾸짖음만 받았다오,
두어라,
꽃꽂이 익힌 이래로
이 골짝 삼백 예순 날이 모두 다 봄이거늘

눈물은 배우는 게 아니다

나는 매양 모르겠네. 소리란 똑같이 입에서 나오는데, 즐거우면 어째서 웃음이 되고, 슬프면 어째서 울음이 되는지.

어쩌면 웃고 우는 이 두 가지는 억지로는 되는 게 아니다, 감정이 극에 달해야만 우러나는 게 아닐지. 나는 모르겠네, 이른바 정이란 어떤 모양이건대 생각만 하면 내 코끝을 시리게 하는지. 그래도 모르겠네, 눈물이란 무슨 물이건대 울기만 하면 눈에서 나오는지. 아아, 남이 가르쳐주어야만 울 수 있다면 나는 으레 부끄럼에 겨워 소리도 못 내겠지. 아하, 이제야 알았다.

이른바 그렁그렁 이 눈물이란 배워서는 만들 수 없다는 걸.

—「사장士章 애사哀辭」 중에서

그리움

저물녘 용수산에 올라 그대를 기다렸는데 오시지 않더이다.
강물만 동편에서 흘러와 어디론가 흘러갔습니다.
밤이 깊어 달빛 비친 강물에 배를 띄워 돌아와 보니,
정자 아래 고목나무가 하얗게 사람처럼 서 있어서
나는 또 그대가 먼저 와 계시는 줄로 착각했다오.

눈물은 배우는 게 아니다

술을 조금 마시다

새소리가 여리여리 느릿느릿 문 앞에서 들리고
꽃 그림자는 천천히 섬돌을 올라오네.

손자 본 요즈음이라 술맛 더욱 진하고
관직을 벗은 때이니 몸도 가볍고
묵은 취반은 넉넉한데
양쪽 귀밑에 새 흰머리가 빛나는구나.

고요함 속에서 도로 찾은 일
남을 위해 만시를 쓰는 거로세

누님을 배웅하며

떠나는 사람은 정녕
훗날의 기약을
남겼다지만

보내는 이의 옷깃을
눈물로 적시네
이 쪽배 타고 떠나면
언제나 돌아오실까

외로이
보내는 사람만
강가에서 발길 돌리네

살구꽃을 구경하며

석양이 갑자기 넋을 거두어들이니
위는 밝고 아래는 그윽하고 고요해서
꽃 아래 노니는 천사람 만사람
저마다 옷이고 수염이고 너나없이 구경거리네

연암에서 선형을 생각하다

우리 형님
그 얼굴 그 수염이
누구를 닮았던고?
돌아가신 아버님 생각날 때마다
형님 얼굴 보았는데

우리 형님 그리우면 그 어디서 본단 말고

이제는
두건 쓰고 도포 입고서
냇물에 비친 나를 보아야겠네.

구련성에서 노숙하며

요양 가는 만리 길에 누워서 생각하니
강과 산에 이제 옛 영웅이 몇이던가.
이적이 도호부를 설치한 곳엔 나무들 잇대었고
동명왕 살던 궁궐은 구름에 뒤덮였네.

날고뛰던 싸움 공격 강물 더불어 흘러가버렸고
어부와 나무꾼이 주고받는 노래는 석양만 쓸쓸하이.
출새곡 노래하다 취한 김에 웃어대니
흰머리 한낱 서생은 바람으로 머릴 빗겠네.

아홉 날 맹원에 놀라 두목의 시에 차운하다

백발성성한 노인이 어찌 제 걸음 날래다고 뽐내겠나.
삼청동 구름 낀 숲은 바라만 봐도 아득하고
얼큰히 취한 내 얼굴 단풍잎에 비하면 어떠한지 묻노라

늘그막 절조라면 진실로 국화와 더불어 한다네.
송동에서 화전 부치며 옛일을 읊조리고
맹원에서 방한모 쓰고 가을 햇빛을 사랑하노라
늙어 쇠했으나 금년에도 건재하니
산골짝 천길 산등성이에서 옷자락을 털어 보세.

통원보에서 비에 막히다

변방엔 비가 주룩주룩 그치질 않아서
어명 받든 사신들은 행차 길이 막혀버렸네
예로부터 유세하기론 쇠꼬리 되는 게 부끄럽다는데
가엽다, 마두들만을 믿고 있는 일행

취한 속에 바라보아도 내 나라가 아니고
어느 시대 세상인지 초가을은 또 오고
앞강에는 배가 없다고 기별이 왔네.
긴긴 날 지루하여라 무엇을 해야 하나

떨은대의 꽃구경

나비가 꽃을 놀린다고 하필 극성이라 나무라는가,
도리어 나비 따라 꽃을 만나러 달려가는 사람들은 어쩌고
아지랑이 노는 저 너머에 한낮의 봄이 푸릇푸릇
자줏빛 언덕머리 우물가에선
옥신각신 다투는 소리에 먼지가 자욱하고

새 울음 서로 다른 거야 제멋대로라도
이곳저곳에 꽃이 피는 건 저 하늘의 뜻이라네.
이름난 뜰에 앉아 둘러보니 소년 머리 하나 없고
서글픈 백발노인들은 작년과 또 다르네.

책 끄트머리에

연암의 글은 독자마다 다른 관점에서 해석하고 빠져들게 되는 여러 요소가 있다.

글쓰기 자세가 애초부터 사물의 근본을 캐고 묻고 따지며 집요하게 매달리는 식이었기 때문이다.

「지구는 스스로 빛을 내는가?」(혹정필담 중간)에선 다윈(1731~1802)의 진화론을 펼치고 있는가 하면, 「석록빛깔로 반짝이는 까마귀」(능양시집서)에서는 과학의 기초가 되는 뉴턴의 광학이론이 번뜩이고 있는데, 그 어떤 사물이든 그 사물의 입장이 되어 살펴보려는 연암의 사고가 아주 명료하게 투영되고 있다. "검은 것을 일러 '어둡다' 함은 비단 까마귀 색깔만 알지 못해서가 아니라 검은 빛깔이 무엇인지조차도 몰라서이다."라고 한 연암의 이 글은 "햇빛은 무색인데 무지개는 왜 여러

눈물은 배우는 게 아니다

색인가?"라고 한 뉴턴의 광학이론을 떠올리게 한다. 연암이 「혹정필담」에서 서양 책이라곤 본 적이 없다고 토로한 점으로 미루어 짐작하더라도, 연암은 자신이 태어나기 10년 전에 죽은 뉴턴을 알 까닭이 없다. 하지만 연암은 놀랍게도 뉴턴의 광학이론을 참조하고 있는가 하면 그 이론을 확실하게 뒷받침해주고 있기도 하다.

   뉴턴은 자기의 의문을 과학적 이론으로 설명하기 위해 실명위기에도 불구하고 어두운 골방에서 연구를 거듭하였고, 드디어 빛이 프리즘 각도에 따라 일곱 가지 색깔로 굴절됨을 깨달았다. 그리고 연암은 까마귀의 검은 날개를 오랫동안 응시하다가 불현 듯 '까마귀더러 검다고 하지마라' 하고 지적한다. "까마귀는 홀연 젖빛 흐르는 금빛깔이 번지는가 하면 다시 석록빛깔로 반짝이기도 하고, 해가 비추면 자줏빛이 튀어 올라 눈에 어른거리다가 비췻빛으로도 바뀐다."고 하면서 까마귀 빛깔 하나로 뉴턴이 발견한 빛의 프리즘을 논하고 있다. '저 태양 빛은 과연 무슨 색깔일까?'라는 의문을 오랫동안 가져보지 않고는 도저히 말하기 어려운 글이 바로 『능양시집』 머리말에 새겨져 있는 것이다. 그런가 하면 「공작관에서 공작을 그리다」(공작관기)에서는 공작의 색깔을 두고 이런 논리를 펼치고 있다.

      색깔이 빛을 남기고 빛이 빛깔을 낳으며, 빛깔이 찬란함을 낳고,
   찬란한 뒤에 환히 비친다. 환히 비친다는 것은 빛과 빛깔이 색깔에서

떠올라 눈에 넘실거린다는 뜻이다.

색깔이 빛을 낳기고 빛이 빛깔을 낳으며, 빛깔이 찬란함을 낳고, 찬란한 뒤에 환히 비친다고 한 그의 색깔론이 "환히 비친다고 함은 빛과 빛깔이 색깔에서 떠올라 눈에 넘실거린다는 뜻"이라는 데에까지 뻗치고 있다. 전율을 일으킬 정도이다. 색깔과 빛깔, 그리고 빛을 분리하여 한 문장으로 표현한 '빛깔 형상화 문장'이다. 이쯤이면 연암의 사고방식이 뉴턴보다 한층 높은 데 있었다고 아니할 수가 없다.

검은 색깔에서 파생되어 나온 그의 철학적 사고를 또 하나 보자면 이 책 1권에 소개된 소설 「만폭동에 새긴 이름」(발승암기) 끝부분이다.

> ....
> 어떤 나라 사람은 눈이 하나뿐이네
> 눈 두 개가 적다고 불만이어서
> 이마에 덧눈을 달기도 하고
> 더더구나 저 관음보살은
> 눈이 천 개나 되어 여러 모양 부처로구먼.
> 달린 눈이 천이랬자 별거 있겠나.
> 소경도 검은 색깔은 볼 수 있는데
> ....

연암은 자신의 글 마무리 부분에 주로 '시를 짓는다' '묘지명을 짓는다' '게타를 짓는다' 등등의 표기를 하는데, 이 시에도 '게타를 지어주었다'는 표시를 하였다. '게타'는 시의 형식으로 불덕을 찬미하고 교리를 서술하는 것이니 시문 자체에서 '깨달음'의 철학이 우러나오도록 하는 게 원칙이다. 그래서 연암은 검은 색깔에 대한 사념을 '소경도 검은 색깔은 볼 수 있다'에까지 뻗친 다음, '눈을 감아야만 잘 보인다.'는 진리에 도달하는 시를 지은 거였다.

"우리나라에 서화담이란 선생이 있는데, 그분이 길에서 울고 있는 자를 만났기에 물었습니다. '네 어찌 우느냐?' 그 자의 대답이 '제가 세 살에 소경이 되어 이제 40년이 되었습니다. 이전에는 이랬습니다. 걸음을 걸을 때는 발을 의지해서, 물건을 잡을 때는 손을 의지해서, 목소리를 들어 누구인지를 분별할 때는 귀를 의지해서, 냄새를 맡아 무슨 물건인지를 구별할 때는 코를 의지해서 보았습니다. ……그런데 아까 길을 걸어오다가 별안간 두 눈이 맑아지고 동자가 스르르 열리더니 뜻밖에 눈을 뜨게 되었습니다. ……급기야는 살던 집조차 생각나지 않아 돌아갈 방법이 없기에 이렇게 울고 있습니다.' ……선생이 '네 눈을 도로 감고 보아라. 네 집을 곧 찾을 것이다.'라고 일러주었답니다."

―「환희기 후기」 부쿤

「창애에게 답함 2」에도 적용한 '눈을 감아야만 보인다.'라는 이 이야기 또한 연암 글의 화두이다. 서화담 선생이란 조선의 철학자 서경덕(1489~1546)으로써, 아무래도 연암은 뉴턴보다 153년 먼저 태어난 서경덕의 영향을 많이 받은 것 같다. 연암의 여러 글들에서 조선 초기 철학자 서경덕의 흔적이 심심찮게 발견되는 것은 흥미 있는 일이 아닐 수 없다.

연암은 묘비명의 달인이다. 그렇지만 연암의 묘비명은 그 아무도 흉내 낼 수 없었고, 그래서 정작 연암 자신의 묘비명은 부재한 건지도 모른다.

이런 현상은 연암이 죽은 이를 위한 글에 얼마만큼의 애착을 가졌는가에 대한 반증이 아닐 수 없다.

연암이 차마 쓰지 못한, 썼다가는 자신의 목숨조차 부지 못했을 묘비명이 있었다. 청나라 '주린'이 편찬한 『명기집략』이란 책을 구입하였다는 죄로써 참수 당하여 그 목이 3일간 청파교에 효시되기까지 한 이희천의 묘비명(「이희천을 그리며」)이다. 연암은 이윤영에게 『주역』을 배우게 되면서부터 그의 아들 희천과 절친한 사이로 지냈었는데, 그런데 『주역』을 함께 공부하던 그 벗이 떠올리기조차 끔찍한 모습으로 가버린 거였다. 희천이 34세였으니 연암은 35세 때였다.

하지만 이희천의 묘비명은 정말이지 그가 쓴 것 중에 가장 뛰어나다고 할 수 있다. 없다고 하던 그게 어디에 있었느냐고? 그것은 다른 친구 「이몽직에 대한 슬픈 사설」에 숨어있다. 연암은 희천이 죽고 3년이나 지나서 둘을 한데 묶어 이 애사를 썼는데, 내용은 제목 그대로 사설시조로써, 얼마나 충격이 컸던가가 짐작되고도 남는 글이다. 여기엔 '사람이 너무 슬프면 눈물도 나오지 않으며 그저 멍청해진다'는 진리가 들어있다. 뿐만 아니다. 연암의 글은 어느 글이건 마찬가지겠으나 이 글은 유독 서론 본론 결론이 잘 드러나고 있는데, 그 서론 격 단락에서 다시 서론 본론 결론을 구분하자면 대략 이러한 사설이다.

　　(서론/초장) 대체로 사람의 삶은 요행이라 할 수 있는데도 그 죽음이 공교롭지 않게 여겨지는 건 어째서인가? 죽음의 위험에 부딪치고 환난에 부닥치는 일이 하루에도 수없이 일어난다. ……(본론/중장) 어느 관상쟁이가 한 여자에게 "오늘 소가 들이받는 것을 조심하시오." 여자는 바로 그날 지게문 앞에서 귀이개로 귀를 후비다 그 문이 세차게 부닥치는 바람에 귀를 찔려 죽었다. 귀이개는 소뿔로 만든 것이었다. 또 어느 사주쟁이가 한 사내의 사주팔자를 보고 "쇠를 먹고 죽게 될 팔자로군." 그 사내는 이른 아침을 먹다가 쇠 젓가락이 목구멍으로 빨려 들어가는 바람에 죽었다. ……(결론/종장) 요컨대, 높은 산에 오르지 아니하고 깊은 물가에 다가가지 않고, 언어를 조심하고 음식을 조절하며, 나의 생각이 속에서 생겨나는 바를 경계하라는 것이다. 하지만 밖에서 불어 닥치는 환난이야 어찌하겠는가.

결론 격의 3문단에서도 각 단락이 서론 본론 결론이라는 3장으로 나눠짐을 알 수 있는데 이 사설의 세 단락을 또 세분화하면 대략 다음과 같다.

(서론/초장) 대체로 생각은 다 망상이요, 인연은 다 악연이다. (본론/중장) 생각하는 데서 인연이 맺어지고, 인연이 맺어지면 ……(결론/종장) 이토록 마음이 아프고 참담한 것이 이처럼 심하지는 않았을 것이다.

(서론/초장) 몽직이 나를 따라다니며 더불어 노닐었어도 사춘의 경우처럼 정이 깊거나 ……(본론/중장) 그러나 달 밝은 저녁이나 함박눈 내린 밤이면 ……(결론/종장) 정말로 몽직이었다. 그런데 이제는 그만이다.

(서론/초장) 내가 그의 집에 가서 곡하고 조문하지 못할 형편이다. (본론/중장) 다만 그를 위해 이 사설을 지어 ……(결론/종장) 드디어 한 통을 써서 초정에게 주는 바이다.

연암의 글에서 그냥 지나칠 수 없는 요소가 있는데, 그 자신이 사설이라 제목 붙인 문장은 어김없이 사설시조로 구분된다는 사실이다. 이러고 보면 묘비명이야말로 사설시조 식이 제격이라는 생각이 든다. 하지만 연암은 '나는 시인이 아니다'라고 머리를 설레설레 흔든다. 시

눈물은 배우는 게 아니다

인이 아니라고 주장하면서 모든 글에 율격을 넣는다는 것. 그저 미스터리한 일이라고 일축해버릴 수도 있지만, 아마도 평시조는 주로 선비 층에서 지어졌고 사설시조는 일반백성들에게서 읊어졌다는 데에 그 열쇠가 있겠다. 더구나 사설시조는 태반이 익명의 작품이었고, 연암은 애초 잡다한 이야기를 글로 옮겨 익명으로 발표하기도 했다. 그러나 소문난 글쟁이가 되어버린 뒤엔 사설시조라고 따로 지어서 굳이 익명으로 내놓을 이유가 없었다. 게다가 산문 안에다 '내 사설을 짓노라' 하고 표시한 후에 버젓이 올리는 형식도 그가 생각하기에 합리적이고 창조적인 글쓰기에 부합되는 방법이었다. "진실로 '법고'하면서도 변통할 줄 알고 '창신'하면서도 충분히 틀에 맞아 아담하다면, 지금의 글이 바로 옛글과 같이 품위 있을 것"이었다.

석치 정철조를 위한 노래도 빼놓을 수 없다. 정철조가 쉰둘의 한창 나이에 세상을 뜨자(1781년 12월 5일) 연암은 해학이 넘치면서도 깊은 정을 담은 제문 「석치는 참말로 죽었으니」(제정석치문)를 지음으로써 그를 잃은 슬픔을 달랬는데, 이게 정말 제문인가? 싶을 정도로 자유분방한 글이다. 게다가 '석치의 부음을 들으면 틀림없이 한바탕 웃어젖힐' 거라고 하면서 연암 특유의 그 비유법까지 들고 있다. "입에 머금었던 밥알이 날아가는 벌떼같이 튀어나오고 썩은 나무가 꺾어지듯 갓끈이 끊어질" 거라는 예상 말이다. 그렇다면 정석치가 매우 유쾌한 사람이었다는 것쯤은 단번에 알 수 있다. 따라서 이 제문을 읽는 사람도 마땅히 배꼽 빠지게 웃어야 하는데, '석치, 참말로 죽었단 말이오? 귓바퀴는 이미 뭉그러지고 눈알도 이미 썩었단 말이오? 정말이지 듣지도 보지도 못한단 말이오? 하기야 젯술을 따라 땅에 붓고 있는 지경이니 마시지도 취하지도 못하겠구려.'에서는 섬뜩할 정도의 리얼리티를 내뿜고 있어 차마 웃음이 나오지 않는다. 이런 게 바로 풍자이다.

누구의 죽음에 대하여 제문을 쓸 때 망자에 대한 미사여구 곁들인 찬사는 기본일 게다. 그런데 연암은 친구의 이 제문에서 파격적이고 희한한 문장법을 구사하였다. 사실 제문이나 묘비명만큼 판에 박히고 규격화된 문장도 없기 마련이고, 그래서 오히려 연암이 쓴 묘비명들은 그의 문체적 전복이 가장 잘 드러나는 부분이기도 하다. 연암은 글을 연마하는 사람이고, 그러니 이 제문은 아무렇게나 쓴 글이 아니라는 말이다. 그도 그럴 것이, 여기에도 어김없이 사설시조 기법이 자리 잡고 있음을 알 수 있다. 이 글(「석치는 참말로 죽었으니」) 말미 부분을 한 수의 사설시조로 볼 때, "이 세상에는 인간세상을 …… 웃어젖힐 게다."까지가 초장이다. 그리고 중장은 "으하핫! 석치가 본래 상태로 돌아갔구나! …… 평소 석치의 술친구였던 이들도 이젠 두 번 다시 뒤돌아보지 않고 자리를 파하겠지." 까지이며, 나머지 대목 "그렇게 떠나가서는 자기네들끼리만 어울려 크게 한잔하겠지."가 종장인 것이다.

고백하건대, 이 책의 내용은 산문이고 시고 가릴 것 없이 전부 사설시조, 혹 평시조로 구성되어있음을 밝힌다. 이 책에서 확인한 바대로, 시조, 특히 사설시조에는 한국문학이 이 지구상에 독보적인 자리에 군림할 수 있는 비법이 장전되어 있기 때문이다.

연암 박지원, 그는 21세기에서 태어난다 하더라도 21세기에 딱 어울리는 첨단의 작가로 빛을 발하지 싶다.

퓨전아티스트

난정 주영숙

경남 거제에서 나고 자란 그는 중앙대학교에서 『아픔의 변주곡과 체험적 시조론』으로
석사학위, 경기대학교에서 『사설시조의 변용양상 연구(한국현대소설을 중심으로)』로 박
사학위를 취득한 국문학박사이며 경기대학교 외래교수이다. 『세종미술대상전』, 『현대
미술대상전』, 『신미술대상전』 등에서 동상, 특선 등을 수상한 한국화 화가이고, 『서울
예술제』, 『대한민국전통공예대전』에서도 입상한 전통공예가이며, 『곰두리문학상(장
편소설)』, 『경기신인문학상(단편소설)』, 『시조시학신인상(시조)』, 『월간문학신인상(동
화)』, 『한국문학예술신인상(평론)』 등을 받은 다방면 문인이며 『용인시여성상』, 『경기
대학교(문화상)』, 『중앙대학교(자랑스러운예대인상)』, 『대한민국장애인문화예술대상
(문화체육관광부장관상)』 등을 수상한 문화예술인이기도 하다. 시집으로 『가을시인에
게』 등 5권. 장편소설로 『내일은 죽을 수 없는 여자』 등 5권. 소설집으로 『나쁜 그림』,
퓨전소설집으로 『순간』, 정형시집으로 『손톱 끝에 울음이…』, 『눈물꽃향기의 샘』, 그
외에 『사설시조조 한국소설』, 『작품으로 읽는 연암 박지원 소설편』이 있다.